LA
GIOVINE ITALIA

GIUSEPPE MAZZINI

LA GIOVINE ITALIA.

SERIE DI SCRITTI INTORNO ALLA CONDIZIONE POLITICA, MORALE, E LETTERARIA DELLA ITALIA, TENDENTI ALLA SUA RIGENERAZIONE.

> Italiam! Italiam!..
>
> Virg.

Ma voi, che solitari, o perseguitati sulle antiche sciagure della nostra patria fremente, perché, non raccontate alla posterità i nostri mali? Alzate la voce in nome di tutti, e dite al mondo, che siamo sfortunati, ma né ciechi, né vili..... Scrivete. Perseguitate con la verità i vostri persecutori.

> Foscolo.

DELLA GIOVINE ITALIA

Les jeunes gens de vingt à trente-cinq ans ont grandi dans la révolution..... Eux seuls sont notre espérance.

> Victor Cousin.

Le parole di Cousin, poste in fronte all'articolo, racchiudevano, parmi, un alto senso politico, e compendiavano in certo modo la scienza del moto sociale nel secolo XIX. Egli le proferiva parlando allo Zschokke, e Zschokke, canuto, ma d'anima giovine e repubblicana, le raccoglieva con amore, e le registrava in fronte a un suo libro, intravvedendovi una profezia di vittoria e di civiltà.

Quando Cousin parlava quelle parole, la Francia era schiava a un dipresso, com'oggi noi siamo. I miracoli repubblicani tornati in nulla, le corruttele de' governi nulli, intermedi fra la Convenzione e Bonaparte, le servilità dell'Impero, che trasparivano attraverso il manto di gloria steso dal genio dell'uomo del destino, poi la tirannide del ristoramento, le brighe sacerdotali e gesuitiche, le delusioni e la cortigianeria prevalente avevano diffuso un sonno sulle menti degli uomini dell'89, una pace stanca, un silenzio di rovina, che vietava ogni speranza di meglio. Le forze della generazione nata fra i due secoli XVIII e XIX, s'erano consumate nei quaranta anni di guerra ostinata e di sagrifici, spesi a ricadere nel fango d'onde avea voluto levarsi. Gli uomini che aveano veduto il primo e l'ultimo giorno d'una rivoluzione destinata a mutare le sorti europee, disperavano del progresso. Tante credenze s'erano accumulate in quello spazio di tempo, e tante volte la prepotenza de' fatti le avea soffocate, che gli animi erano giunti a rinnegare ogni fede, e gl'intelletti giacevano sconfortati, avviliti, sfiduciati dell'avvenire. Le teoriche filosofiche, perduta ogni attività d'esame, ogni eccitamento di contrasto, dormivano nel materialismo del secolo XVIII, e confinavano l'uomo nell'esercizio delle facoltà individuali. Letteratura non v'era, tranne nelle accademie, vendute al potere, qualunque si fosse, e inerti per natura d'ogni collegio privilegiato. Era quel momento di riposo, che segna l'ultimo moto d'una razza la cui missione è compiuta, e il primo d'un'altra che raccoglie le proprie forze a incominciare lo sviluppo di quella, che ogni nuovo secolo affida a' suoi figli.

Il secolo XIX sentiva la propria missione. I fatti accumulati dal secolo passato erano troppi, perché le conseguenze potessero cancellarsi con un trattato. L'elemento giovane fermentava tacitamente. Troppo debole ancora per combattere a visiera levata la tirannide politica, ne' suoi dominii, s'agitava intorno al vecchio edificio sociale novamente puntellato, avvezzandosi a guardarlo, a misurarlo senza paura e venerazione, studiandone il lato piú fragile, logorandolo, poiché al centro non poteva, per ogni dove all'intorno. Mancava la unione, mancava la concordia in alcuni principii fondamentali allo sviluppo dei quali si concentrassero gli sforzi individuali; mancava un simbolo alla religione che cominciava a farsi via tra le rovine d'un culto perduto, che i re tentavano rinvigorire col terrore delle baionette; ma lo studio, non foss'altro, che gl'ingegni nati col secolo ponevano nelle diverse molle sociali, la tendenza che spingeva le menti alle scienze storico-filosofiche, l'affetto che viveva nelle grandi memorie, protestavano contro agli inetti, che negavano il progresso o s'attentavano d'arrestarlo. Allora sorsero alcuni uomini, potenti d'intelletto e di dottrina, che avevano desunta dalle pagine di Vico e d'altri la teorica d'un perfezionamento progressivo indefinito, e si consecrarono apostoli del rinnovamento morale. Rinnegarono l'autorità, rinnegarono quanto d'esclusivo si racchiudeva nei mille sistemi, creazione e pascolo dello spirito umano. Guardarono con occhio d'aquila le linee storiche del passato, risuscitarono la idea spirituale, eressero un altare alla civiltà nel santuario della coscienza, e chiamarono la giovine Francia a sagrificare su quell'altare salutandola speranza della patria, potente, rigeneratrice. La giovine Francia rispose a quel grido: La giovine Francia ardita, impaziente, fiduciosa, e spronata dall'entusiasmo, non aveva raccolto del passato che i sommi principii, risultati de' fatti, senza aver subíta l'iniziazione spesso funesta dei fatti stessi, e si slanciò dietro a quella bandiera. Tentò quante vie s'affacciavano: assunse a tempo quante forme si offrivano interpreti del pensiero generoso. Fu romantica, ecclettica, protestante. Si arrestò, appassionandosi, intorno al medio evo, sulle teoriche trascendentali, nelle incertezze del misticismo. Ma sempre, attraverso tutte le fasi, sotto le varie gradazioni che avviavano l'intelletto alla verità, nelle lettere, nell'arti, nella filosofia, traspariva la coscienza d'una forza indipendente da' vincoli materiali, traspariva lo spirito di libertà, solo eterno, solo onnipotente a mutare in meglio le condizioni civili; ma dietro a quella gioventú desiosa, insisteva una voce che gridava: innanzi! innanzi! — Protestantismo, Romanticismo, Ecclettismo erano tendenze di transizione: preludi nei quali l'intelletto sviluppava, esercitava le proprie forze prima d'intraprendere dirittamente la via del rinnovamento. Bensí, quei primi, che il caso avea cacciati a condottieri di tanta impresa, avevano forze ineguali all'ufficio. Piú eloquenti che logici, piú vasti che profondi nelle loro osservazioni, piú ambiziosi forse che caldi veramente della fiamma santa che crea il genio protettore delle razze umane, avevano intravveduto un istante la missione del secolo, e s'erano smarriti davanti alla sua grandezza. Come Pietro Eremita, avevano sollevato lo stendardo d'una Crociata senza ammetterne, senza intenderne le inevitabili conseguenze. Tentennavano fra diversi sistemi, malcontenti di tutti, non rifiutandone alcuno, senz'ardire per distruggerli, senza fede o potenza per crearne un nuovo. Rivelati alcuni principii, procedevano paurosi nelle applicazioni, titubavano nello sviluppo delle proposizioni che avevano prefisso a' loro libri, a' loro insegnamenti, a' loro giornali. Volevano insomma rovinare il passato, ma senza creare l'avvenire, senza accettare l'eredità de' padri, senza sacrificarsi per essa.

Ma la eredità de' padri era tale, e santa di tanta solennità di sventura, che i figli non potevano rinunziarvi per amor de' maestri. Per venti anni d'eroismo, e di sagrificio non v'è fiume d'oblio, e la gioventú ridestata una volta, trascorse altre ai confini che le segnavano. I padri avevano predicata una fede, i padri l'avevano suggellata col sangue; ma, come il secondo Gracco, avevano cacciata una stilla di quel sangue verso il Cielo, sclamando: frutti il vendicatore! — Quel sangue ardeva nelle vene dei figli, e la fede dei padri s'affacciava ad essi raggiante, pura, piú cara, perché incoronata della palma del martirio, bella di speranze, o d'un'eterna promessa. La rivoluzione dell'89 avea mostrato in compendio tutta la carriera di riforma che dovea corrersi. Una generazione l'aveva divorata coll'ansia di chi scopre una nuova terra, a balzi, a slanci, senza arrestarsi. I primi intraprenditori delle rivoluzioni sono vittime consecrate, e si muoiono; ma i principii non muoiono, e le generazioni che tengono dietro s'assumono d'educarli, di svolgerli, di trarre da' primi contorni un quadro immortale, di ricorrere piú lentamente, ma piú stabilmente la via che i primi hanno segnata. La grande rivoluzione sociale, della quale la rivoluzione francese aveva dato il programma, incominciava appena, quand'altri s'illudeva d'averla spenta. E la gioventú, fatta accorta della propria potenza, accettò la missione: si strinse, si raggruppò, stette attenta, vegliando il momento che dovea sorgere nello spazio. Il momento sorse, la gioventú lo afferrò. Il cannone dell'Hôtel de Ville tuonò la chiamata. La gioventú si levò come un sol uomo: la gioventú vinse. Cortigiani, baionette, trono, tutto rovinò davanti all'impeto d'un principio. Il sole del 27 aveva diffusa la luce sopra ogni cosa: il sole del 29 non salutò che una bandiera: — la bandiera del secolo. Gli uomini, che alcuni anni addietro avevano comunicato l'impulso senz'antivederne gli effetti, s'erano ritratti atterriti; poi, quando la gioventú riposò dalla sua creazione, si cacciarono addosso al cadavere d'una monarchia, usurparono la gloria d'averla morta, e giudicarono l'ossa de' sette mila essere convenevole base al sistema ch'essi avevano predicato utilmente, viva e prepotente la tirannide. Ora, parlano tuttavia di progresso, — e vorrebbero che s'arrestasse dove essi s'arrestano: magnificano le glorie del Luglio, — e vorrebbero che una nazione non si fosse levata se non a mutare un nome nella sua storia: protestano del loro amore alla libertà, — e l'hanno rivestita d'un manto d'infamia, — l'hanno cacciata ludibrio a' re, sospetto mortale ai popoli. Due secoli, il XVIII, e XIX, li rinnegano: come que' codardi che Dante pone alle porte del suo Inferno, si stanno tra l'infamia e l'oblio: l'oblio per la loro eloquenza che prima eccitava i giovani, oggi s'è prostituita al potere: — per la loro letteratura, campo di prova agli ingegni, ove essi vorrebbero confinare per sempre l'anelito al moto perenne, che affatica lo spirito umano; — pel loro ecclettismo, sistema di transizione, che intendono perpetuare: la infamia per la gretta e fredda politica individuale, alla quale hanno sacrificate le grandi speranze sociali suscitate per essi — pel sangue de' popoli che hanno pattuito coi re a mendicare una pace che non otterranno — pel loro trovato del giusto medio, ecclettismo politico, senza passato, senz'avvenire, senza logica, senza sviluppo, sistema paralitico, che non s'attenta rifiutare i principii rigeneratori, ma s'industria a strozzarli in fasce. E sia cosí, poi che vogliono! — il secolo li aveva circondati dell'affetto giovenile e di plauso: poi tentarono sostituirsi al secolo, e il secolo li affogherà. — Chi può cacciare un principio, e voler che non frutti? — Chi può dar moto all'intelletto, e gridargli: arrestati dov'io m'arresto?

In Italia, siccome in Francia, la tirannide, tanto piú esosa quanto piú impudente, produsse il suo effetto di reazione, e l'anime inferocirono nell'odio, crebbero smaniose d'indipendenza. — In Italia, prima che in Francia, gl'ingegni intolleranti di freno versarono nella scienza la idea di progresso che non potevano applicare agli ordini civili, e levarono il grido di libertà del pensiero nel campo delle lettere. — In Italia, siccome in Francia, gli uomini che cacciarono i primi semi di libertà furono oltrepassati da chi venne dopo, però che la sventura è maestra piú potente d'ogni teorica, e ogni anno, ogni evento, ogni tentativo fecondò la Italia di nuova rabbia, di sangue e di insegnamenti. Ed oggi, gli uni contendono per la eccellenza dei metodi che predominarono soli, e fruttarono negli anni addietro: gli altri, cresciuti col secolo, predicano la parola del secolo, e si assumono di esserne interpreti. Bensí la differenza sta in questo, che in Francia, gli uomini ch'or vorrebbero arrestare il moto, addotrinarono la crescente generazione, e i loro sforzi furono talvolta coronati dalla vittoria: in Italia, le circostanze, avverse sempre e prepotentemente fin'ora, vietarono a ogni uomo di convalidare il proprio sistema coll'autorità del trionfo, e gl'Italiani non raccolsero ammaestramento a fare che dai rovesci, e da quel tanto di sviluppo che i fatti continui impongono all'intelletto. — Però, ogni questione s'agita fra due opinioni, nessuna delle quali ha generato finora risultati positivi. Noi siamo schiavi: per quali mezzi si riacquista da schiavi la libertà? — e stabile? — ed efficace? Quali principii hanno a reggere i tentativi? — Gli antichi, recentemente praticati, fallirono. Fu legge di cose, necessità di tempi, o vizio inerente al sistema, che, mutati gli elementi, dovea mutarsi? Forse fu la prima cagione; non pare a ogni modo che a favorir quei sistemi giovi il mal esito. La tendenza del secolo ne predica altri; e le tendenze non nascono a caso, non prevalgono per capriccio di pochi: emergono da' bisogni, trionfano col voto dei piú.

A noi, dovendo spesso nelle pagine della Giovine Italia, occorrere di combattere il sistema che i casi — e non le nostre parole, — dimostrano ogni dí piú sistema vecchio e impotente a rigenerare una nazione caduta in fondo, corre obbligo, corre necessità di spiegarci una volta per tutte sulle nostre intenzioni a riguardo d'un partito politico, che rappresenta cotesto sistema, e che pur numera — forse a torto — ne' suoi ranghi molti uomini puri, incorrotti e deliberati nemici d'ogni tirannide, a' quali la Italia, comunque spinta dalla forza delle cose per altre vie, serberà gran tempo venerazione e affetto di gratitudine. Le denominazioni di Giovine Italia e d'uomini del passato increscono a primo tratto a que' molti che non s'addentrano nelle cose. La mediocrità è sospettosa, e intravvede offese per ogni dove. Gli uomini che invecchiarono in un sistema d'idee, che hanno combattuto e sofferto per esso, mutano difficilmente. La educazione politica non si rifà, se non ne' pochissimi creati a camminare fino alle esequie cogli anni, immedesimati col moto progressivo della civiltà; e l'affetto che si genera dall'abitudine è potente quant'altro mai. D'altra parte la gioventú, fervida, impaziente s'affaccia briosa alla vita dell'avvenire, si sente fremere dentro potente il concetto d'emancipazione, e rompe guerra al passato: nol guarda, o se il fa, guarda dispettosa, o sprezzando. Quindi l'ire aspreggiate dalla sventura: quindi le accuse reciproche, e ciò che spesso è colpa di fati, attribuito all'una o all'altra opinione. Da siffatte guerre non esce che danno alla patria. E però vogliamo interpretare que' termini, che potrebbero prestare alimento a gare funeste: vogliamo snudare tutta intera l'anima nostra, perch'altri non vi sospetti un pensiero che ogni Italiano rifiuta. È duro dover discendere a spiegazione di ciò che tutti dovrebbero intendere: è duro l'esser tratto a scolparsi di tacce che tra noi nessuno avrebbe sognato. Bensí, la unione anzi tutto — e v'hanno tali materie, nelle quali giova rimovere anche il nudo sospetto.

Noi lo dichiariamo solennemente: — Per Giovine Italia noi non intendiamo che un sistema, voluto dal secolo: quando noi combattiamo, la vecchia, noi non intendiamo combattere che un sistema, rifiutato dal secolo.

Le denominazioni giovine e vecchia Italia non sono nostre; e perché vorremmo noi gravarci l'anima d'un rimorso, creando una divisione, dove i fatti non ci strozzassero a riconoscerla, dove il progresso inerente alle umane cose non ci soggiogasse col mostrarcela incvitabile? Abbiamo dieci secoli d'oltraggi a vendicare: abbiamo a distruggere un servaggio di cinque secoli. I padri, i padri de' padri, e gli avi remoti ebbero tutti la loro parte di quell'oltraggio: tutti hanno bevuto a quel calice che Dio serbava all'Italia, e del quale la fortuna assegnava a noi l'ultime goccie — e le piú amare forse. E noi gemiamo per tutti, fremiamo per tutti; e se a rigenerare una terra guasta da cinquecento anni di servitú muta bastasse levarsi e combattere gli uomini del passato, quanti insorsero e morirono per la patria da Crescenzio fino al Menotti, sarebbero nostri fratelli alla pugna, dove alcuno potesse evocarli dalla loro polvere. — Ma il sangue solo santifica, non rigenera una nazione. Stanno contro di noi non le sole baionette straniere, ma le discordie cittadine inveterate per lunga memoria di stragi, rieccitate sordamente dalla tirannide artificiosamente ineguale e corrompitrice: stanno i vizi, che si generano nelle catene, e la intolleranza di freno, ottimo elemento per distruggere, pessimo per fondare, e piú ch'altro sta la mancanza di fede: di quella fede, che sola crea le forti anime e le grandi imprese, di quella fede che sorride tranquilla nel sagrificio, perché trae seco sul palco, o nel campo la promessa della vittoria nell'avvenire. Queste cagioni di servitú durano tuttavia prepotenti, e a superarle conviene giovarsi di quanti elementi, di quante forze fermentano tacitamente in Italia, ridurle a centro, calcolarle colla maggiore esattezza — e ogni anno le modifica, le tramuta, le aumenta — poi mormorare ad esse la parola di fede, spirarvi dentro l'alito d'una vita potente, animarle di quello spirito che dagli elementi inerti crea il moto d'un mondo, e vi stampa sopra l'orma di Dio. Ma il segreto del secolo sta nelle mani dei nati col secolo. — Né il linguaggio che suscita le passioni, e le dirige a grandi cose, e insegna a santificarle consecrandole coll'altezza d'un intento sociale, si rivela ad altri che a coloro, i quali hanno sorbito col primo alito le passioni del secolo, e l'ansia di moto che affatica l'anime de' fratelli. Or, perché illuderci, quando ogni illusione frutta rovine? — e che giovamento può nascere dal rinnegare la nostra potenza e dissimularci la missione d'intelletto che la natura ci assegnava cacciando la nostra culla alla sorgente delle rivoluzioni, per paura che l'ossa de' padri s'agitino irrequiete ne' loro sepolcri, irate ai figli perché intraprendono franchi e deliberati la via ch'essi calcarono incerti e timidamente? — Oh! da que' grandi ch'ora dormono l'ultimo sonno, non viene fremito a noi se non d'incoraggiamento e di conforto ad osare: — da que' sepolcri non esce voce che non esclami: — «siate migliori di noi! siate grandi, come la vostra sciagura, come l'epoca nella quale vivete: grandi nell'atto come noi nel pensiero! Noi fummo a tempi, ne' quali il solo concetto di rigenerazione era un trionfo sulla tiranide; la rivoluzione sociale era un'alba, e noi, avvezzi alle tenebre, non potevamo misurare la luce del giorno venturo, né oprare risolutamente animosi, quando fiacchi e forti, tranne pochissimi, stavano contro di noi, e la esperienza era muta. Ma voi nasceste ne' moti, e v'allevaste tra i moti: ammaestratevi nelle nostre disavventure: abbiate le nostre virtú, ma rinnegate i nostri errori».

Le denominazioni giovine e vecchia Italia, non sono nostre: noi non le abbiamo create: le ha create una tal potenza contro la quale non valgono né ciance d'uomini, che sentono sfuggirsi di mano una influenza già consumata da' fatti, né rancori e sospetti d'inetti maligni, che vorrebbero occupare il secolo delle loro meschine ambizioni, e della loro vita incognita al mondo. E la potenza de' fatti: — la potenza che mutava alcuni anni addietro nella Germania il Tugenbund (fratellanza della virtú) in Jugenbund (fratellanza di gioventú): — la potenza che concentrava in Polonia poco tempo avanti la rivoluzione le molte società patriottiche nella grande associazione della gioventú condotta da Lelewel: — la potenza che commettendo alla giovine Francia la impresa di luglio e i fati Europei, strappava di bocca a Cousin le parole che noi ponemmo in capo allo scritto — e Cousin eccitatore un tempo della gioventú francese, è pure in oggi un di que' tanti che s'industriano a distruggere l'opera loro, tentando confinare nel cerchio angusto d'una dottrina immutabile e inapplicata gli uomini del progresso; ma la verità vuole il suo dritto, e si fa via tra' sistemi. La verità si rivela continua e progressiva attraverso gli eventi; e se gli eventi ci sono propizii d'ispirazioni politiche: — se il secolo ci suggerisce una nuova via di successo, perché rifiuteremo noi di seguirla? perché diremo al secolo: tu se' diseredato di mente: trascorri inutile alla umanità?

Bensí, dalla nostra credenza non esce spregio, o biasimo assoluto alle vecchie credenze politiche, né perché abbiamo opinione che le cose nuove debbano trattarsi con metodi nuovi, gittiamo l'anatema dell'ingrato alle teoriche applicate sinora. Quelle teoriche sono storia, e come storia le veneriamo: come storia vi leggiamo dentro una manifestazione del principio adattata a' tempi e alle circostanze. Soltanto in oggi le vicende, le sciagure, e gl'insegnamenti de' fatti hanno svolti nuovi elementi, hanno messa in luce chiarissima la idea, che prima giaceva oscura ne' simboli. Allora conveniva accennare il principio; ora ci par giunta l'epoca d'una manifestazione solenne. — Ogni cosa ha il suo tempo: ogni sistema ha la propria necessità d'esistenza nella condizione morale dell'epoca. Chi schernisce o maledice al passato, è stolto o maligno: egli dimentica come dai vagiti e da' modi informi e plebei di Guittone Aretino esciva la bella lingua dell'Alighieri, di Petrarca e Boccaccio, né senza quei primi e timidi tentativi politici, non parleremmo in oggi queste parole. Ma noi non malediciamo al passato, se non quando c'incontriamo in uomini, i quali s'ostinano a farne presente, e quel ch'è peggio, avvenire. Le rivoluzioni son tali fatti che non si compiono in un istante o con un solo sistema, perché non v'è momento nello spazio, o sistema nella mente umana che valga a raccogliere, a concentrare in una unità potente d'azione tutti quanti gli elementi che mutano faccia agli stati. I sistemi politici non sono per noi che i risultati degli elementi d'azione che stanno a un dato tempo in un popolo, calcolati e ordinati pel meglio. Se ogni popolo potesse rassegnarsi ad attendere in pace il momento nel quale l'elemento morale rivoluzionario equabilmente diffuso e coordinato fosse giunto a tale un grado di potenza che assorbisse l'elemento materiale, le rivoluzioni non avrebbero che un sistema. — Ma la natura non ha voluto che dalla morte nascesse a un tratto la vita; e la rigenerazione d'un popolo non balza fuori nella sfera de' fatti, potente e compiuta, come Minerva dal capo di Giove. La natura non ha voluto che le rivoluzioni si operassero senza lunghe fatiche, forse perché i popoli imparassero a gradi e attraverso le delusioni il prezzo della libertà; né una nazione cresce grande davvero, se non è consecrata all'eternità della missione sociale nel sacramento del dolore. E d'altra parte, la tirannide soverchiante, e inquieta per coscienza d'infamia, non concede che la guerra fra gli elementi del progresso e la inerzia si consumi sordamente e mutamente nella società, e l'urto non si manifesti che quando il trionfo è sicuro; ma inferocita nei sospetti e nei terrori che l'affaticano, caccia nell'arena, come un guanto a' popoli, qualche testa di prode — e i forti di sdegno e d'audacia titanica traggono anzi tempo le moltitudini incerte al giudicio di Dio. Quindi le vittorie brevi, e le dubbie vicende, e gli errori. E dalle dubbie vicende e dai molti errori hanno vita, incremento e perfezione i sistemi.

E v'è un periodo nella vita de' popoli, come in quella degli individui, nel quale le nazioni s'affacciano alla libertà, come l'anime giovani all'amore: per istinto — per bisogno indefinito e segreto — perché la natura creando l'uomo gli scrisse nel petto libertà e amore — ma senza conoscenza intima della cosa bramata, senza studio de' mezzi, senza determinazione irrevocabile di volontà, senza fede. Allora la libertà è passione di pochi privilegiati a sentire e soffrire per tutta una generazione, a spiare il progresso e il voto de' popoli, a intendere il gemito segreto che va dalle moltitudini al trono di Dio — a vivere profeti e morire martiri; per gli altri è desiderio, sospiro, pensiero, e null'altro. Allora le rivoluzioni si tentano artificialmente colle congiure: gli uomini liberi si raccolgono a metodi d'intelligenza misteriosa: s'ordinano a fratellanze segrete: costituiscono setta educatrice, e procedono tortuosi. Però che le moltitudini durano inerti, e i piú vivono astiosi al presente, ma spensierati dell'avvenire — e se taluno rompe guerra al tempo, e tenta rivelarlo a' milioni, i milioni lo ammirano onesto, ma la scherniscono sognatore di belle utopie. Il sagrificio solenne è venerato anche allora, perché nel core degli uomini v'è un istinto di verità che mormora: quel sangue è sparso per voi; quelle vittime si stanno espiatrici delle vostre colpe; que' martiri equilibrano a poco a poco la bilancia tra le creature ed il creatore. È venerato, perché v'è un sublime nel sagrificio, che sforza i nati di donna a curvare la testa davanti ad esso, e adorare; perché s'intravvede confusamente che da quel sangue, come dal sangue di un Cristo, escirà un dí o l'altro la seconda vita, la vita vera d'un popolo — ma la venerazione si consuma sterile e solitaria, nel profondo del core, nel gemito dell'impotenza; non crea imitatori; non risplende maestosa e fidente intorno al simbolo della nuova fede, ma soggiorna paurosa nelle iniziazioni d'un culto proscritto, e piange d'un pianto che non ha conforto neppur di fremito. — La condizione de' tempi impone allora doveri particolari ai pochi che s'assumono l'opera rigeneratrice; allora il voler sanare gli estremi mali cogli estremi rimedi è piú follia che virtú; perché dove il male è inviscerato nella società e ti preme d'ogni lato predominante, o tenti struggerlo alla radice, e cadi tra via deriso da' tristi; o fai guerra ineguale a' rami, e tu sei gridato tiranno da' buoni. — Allora l'ostinarsi a fondar la vittoria su forze proprie e sui miracoli del valor nazionale frutta disinganno amaro e talora pure rimorso, perché le nazioni si rigenerano colla virtú o colla morte; ma dove non è virtú di sagrificio né furore di gloria, dove nei cuori non vive un'eco alle grandi passioni, i vasti concetti falliti e le molte vittime infondono la inerzia, non il coraggio della disperazione. Quindi la moderazione nell'applicazione de' principii piú scaltrezza che inconseguenza; quindi la speranza e l'aiuto accettato dello straniero necessità deplorabile piuttosto che codardia; e l'arti diplomatiche usate a tempo, pericolose sempre, pure talvolta efficaci a smembrare le forze nemiche. Ad ogni operazione politica è base prima il calcolo delle proprie forze; e dove queste non reggono, è forza cercarne altrove, o ristarsi. Siffatti mezzi non danno libertà mai alle nazioni, bensí conquistano anime alla santa causa, e insegnano a intendere la libertà ed amarla dolce, tollerante, incontaminata. — Poi le vicende ammaestrano a conseguirla.

Ma poi che il pensiero concentrato ne' pochi s'è diffuso alle moltitudini, e la libertà è fatta sorella dell'anime — quando il voto segreto s'è convertito in anelito irrefrenabile, e la speranza in fede, e il gemito in fremito — quando il sangue delle migliaia grida vendetta agli uomini e a Dio, ed ogni famiglia conta un martire o un iniziato alla religione del martirio — quando le madri non hanno piú sonni, l'amplesso delle mogli ha il tremore e il presagio della separazione, e un pensiero di rancore, un pensiero di cupa vendetta solca le fronti de' giovani nati all'amore, e al sorriso spensierato degli anni vergini sottentrano anzi tempo le cure e le gravi apparenze dell'ultima età — allora — l'ora di risurrezione è suonata. Guai a chi non si assume tutto il dolore, tutto il dritto di vendetta solenne, che spetta ai suoi fratelli di patria! Guai a chi non sente il ministero che le circostanze gli affidano, e reca le idee mal certe del tentativo nella lotta estrema, decisiva, tremenda! — Allora la tirannide ha consumato il suo tempo; le transizioni, e i sistemi di transizione diventano passi retrogradi; la guerra è tant'oltre che tra la distruzione e il trionfo non è via di mezzo, e gli ostacoli che un tempo si logoravano coll'arti della lentezza, vanno atterrati rapidamente. — Allora la iniziazione è compiuta; alla religione del martirio sottentra la religione della vittoria; la croce modesta e nascosta s'innalza nell'alto convertita in Labarum; la parola della fede segreta fiammeggia segno di potenza scritto sulla bandiera de' forti — e una voce grida: in questo segno voi vincerete!

E allora la gioventú si leva — raggiante, concorde, serrata a una lega di pensieri e fatti magnanimi, aspirante un'aura di vittoria, spinta da una forza di progresso e di moto che insiste sovr'essa, che la purifica in un oblio d'ogni affetto individuale, che la ingigantisce nella potenza d'un desiderio sublime. Salute a quella gioventú! — Date il varco alla generazione, che venne col secolo, e maledetto colui che la guardasse con occhio d'invidia, o gittasse dietro ad essa il motto dello scherno amaro, però ch'essa ha intesa la voce del passato e quella dell'avvenire, ha raccolti gl'insegnamenti dell'esperienza dalla bocca o sulle tombe dei padri, e s'è ispirata al soffio della civiltà progressiva, all'armonia della umanità, che ogni secolo, ogni anno, ogni giorno rivela all'anime nuove un arco del proprio orizzonte!

Ora — è il tempo, o non è? Siam noi giunti al punto in cui una nuova rivelazione politica dia moto alle menti, e gli antichi sistemi esauriti abbiano a cedere davanti a' nuovi suggeriti dalla esperienza, voluti dai piú, potenti a struggere ed a creare?

La questione è codesta — e noi, uomini del secolo XIX, la riteniamo decisa.

Noi stiamo sul limitare d'un'epoca, e non è l'epoca de' sistemi di transizione, che gli uomini delle rivoluzioni hanno predicato finora. L'epoca de' sistemi di transizione è il gradino che la necessità impone alle nazioni, perché salgano dal muto servaggio alla libertà. La libertà è troppo santa cosa, perché l'anima dello schiavo la intenda e il suo cuore possa farsene santuario, se prima non s'è riconsecrato alla vita morale nelle lunghe prove e nel lungo dolore. Ma noi l'abbiamo consumata quest'epoca: quaranta anni di tentativi, il battesimo del pianto e del sangue, e la vicenda europea che s'è svolta davanti a' nostri occhi, hanno fruttato sapienza ed ardire; e noi siamo d'una terra, che ha dato celerità singolare agli ingegni, e un battito piú concitato al cuore de' suoi figli.

Noi guardammo all'Europa. Dappertutto è sorto un grido di nuove cose, un appello alle nuove passioni, una chiamata a' nuovi elementi, che il secolo ha posto in fermento. Dappertutto due bandiere hanno diviso i combattenti per una medesima causa; e la guerra oggimai non riconosce altro arbitro che la vittoria, però che gli uni contendono per arrestarsi a' primi sviluppi della idea rigeneratrice, gli altri per inoltrarsi e spingere i principii alle legittime conseguenze: i primi avvalorati dal silenzio delle moltitudini, naturalmente cieche, naturalmente inerti, magnificano il riposo supremo de' beni, non avvertendo che anche la morte è riposo; i secondi, forti di logica e di fede negli umani destini, intimano il moto, come legge, necessità, vita delle nazioni. — La guerra è implacabile, perché tra il sistema che da noi s'intitola vecchio e la nuova generazione sta, come pegno d'eterno divorzio, una rivoluzione portentosa ed europea negli effetti, divorata in un giorno da pochi codardi e venali, ridotta a un mutamento di nome, e non altro — sta l'Associazione universale costretta a retrocedere d'un passo davanti a delusioni siffatte, che un secolo di strage non basterebbe a scontarle, se un'ora di libertà non avesse potenza di cancellare il passato. La guerra è implacabile, però che le sorti di mezza Europa sono strette al successo, e non v'è pace possibile, poiché l'Europa ha imparato fin dove meni la ostinazione d'un sistema d'inerzia a fronte d'una volontà irrevocabile. L'Europa ne ha lette le conseguenze al lume degl'incendi di Bristol, e scritte col sangue de' Lionesi — e noi vorremmo, per la speranza d'una transazione impossibile, dissimulare la verità ai nostri fratelli, rinnegare la bandiera che il secolo ci pone alle mani, contrastare ad un fatto universale, evidente, che sgorga dai minimi incidenti, da' giornali, da' libri, dai tentativi, da ogni popolo, da ogni lato? La unione! noi la vogliamo; ma tra buoni, e fondata sul vero. L'altra, che alcuni paurosi od inetti gridano tuttavia, senza insegnare il come si stringa, è unione di cadavere colla creatura vivente: spegne il lume della vita dov'è, senza infonderlo dov'è morte.

Noi guardammo alla Italia, — alla Italia, scopo, anima, conforto de' nostri pensieri, terra prediletta da Dio, conculcata dagli uomini, due volte regina del mondo, due volte caduta per la infamia dello straniero e per colpa de' suoi cittadini, pur bella ancora di tanto nella sua polvere, che il dominio della fortuna non basta ad agguagliarle l'altre nazioni, e il genio si volge a richiedere a quella polvere la parola di vita eterna, e la scintilla che crea l'avvenire. Guardammo con quanta freddezza d'osservazione può dare un desiderio concentrato, un bisogno di afferrarne l'intima costituzione (e il core ci batteva forte nel petto, perché abbiamo passioni giovani e l'orgoglio del nome italiano ci solleva l'anima dentro); ma noi imponemmo silenzio al cuore, e la vedemmo come era, vasta, forte, intelligente, feconda d'elementi di risorgimento, bella di memorie tali da crearne un secondo universo, popolata d'anime grandi nel sagrifizio, e nella vittoria — ma guasta, divisa, diffidente, ineducata, incerta fra la minaccia delle tirannidi e le lusinghe perfide dei molti, che adulandola dell'antica grandezza, l'addormentano sicch'ella non ne tenti una nuova — e tutta la forza de' suoi elementi controbbilanciata, annientata dalla mancanza d'unione e di fede — due virtú, che né dieci secoli di sventura derivata dalle animosità provinciali, né potenza d'intelletto o fervore di fantasia hanno potuto ancora far predominanti tra noi — e a fondarle, volersi piú che ogni altra cosa l'autorità d'un principio alto, rigeneratore, universale, applicabile a tutti i rami della civiltà italiana, che li riformi tutti purificandoli e dirigendoli ad un intento — d'un principio uno e potente a cui si concentrino tutti i raggi, tutti gli elementi di vita; nella cui fede l'anime si rinverginino, e la coscienza mormori una destinazione alle masse — perché in oggi manchiamo non di mezzi, ma d'accordo e di vincolo fra questi; non di materia, ma di moto che la sospinga; non di potenza, ma di convinzione che noi siamo potenti. Noi vedemmo la Italia, soffermata ai confini del mondo sociale dall'individualismo, rimanersi tuttavia sottoposta all'influenza del medio-evo. La idea personale, il sentimento radicato in ogni uomo della propria indipendenza, la ripugnanza a confondere la unità singolare nella vasta unità del concetto nazionale, predominavano, elementi ottimi in sé, ma avversi, quando sono spinti tropp'oltre, al progresso comune. — De' tristi non favelliamo; ma la tendenza individuale traspariva fin nella passione di libertà, che assumeva ne' migliori aspetto d'odio a' ceppi, di reazione forzata, di vendetta suscitata dalle lunghe offese. Pochissimi amavano la libertà per amore; perché fine prefisso all'uomo; perché mezzo unico di progresso sociale. Pochissimi mostravano coscienza dell'alta missione, che ogni vivente ha dalla natura verso la umanità. É la coscienza di questa missione che creava giganti Mirabeau, gli uomini della Convenzione, Bonaparte, Robespierre — e finché la seguirono, furono grandi — e perché mal si scerne il punto in cui svaniva davanti ad altri movimenti, la posterità li griderà grandi. — Ma all'Italia, come noi la vedemmo, il materialismo, struggendo ogni dignità d'origine e di destino nell'uomo disseccava la vita al cuore; o la indifferenza, sperdendo ogni sete di vero, rapiva molte di quell'anime, piú frequenti in Italia che altrove, che vivono e muoiono martiri d'una idea. Quindi la mancanza di fede, di fede in sé, nel dritto, e nell'avvenire, perché l'uomo, confinato dall'individualismo dominatore nel cerchio ristretto della propria influenza, schiacciato sotto la vastità del concetto, o si rassegna a vivere schiavo, o si fa libero colla morte sul palco. — E questi vizi, che il lungo servaggio e Roma imposero alla Italia, stavano contro ad ogni tentativo piú tremendi delle baionette tedesche.

E guardammo al passato a vedere se potesse trarsene il rimedio. Ma il passato c'insegnava a non disperare; il passato c'insegnava quante e quali fossero l'arti della tirannide, e le reliquie del servaggio nell'anime — non altro. La scienza de' padri s'era esercitata intorno ai principii piú che intorno alle applicazioni. Forse la fiamma di patria e di libertà, che li ardeva, aveva illuminato ad essi quanto era vasto l'arringo: ma le circostanze avevano affogato il concetto; e i tentativi non avevano assunto né la energia, né la vastità, né l'armonia che si richiedeva a tanta opera. Era necessaria una unità di principii e d'operazioni — e i moti prorompevano invece parziali, e provincialmente. Ma senza un moto universale, riescirà impossibile sempre il trionfo, senza la universalità dell'accordo precedente, il moto non proromperà simultaneo e veramente italiano mai — e per consumare ad un tratto le invidie, e le animosità che vivono tuttora tra le provincie, vuolsi affratellarle tutte nella fratellanza del tentativo del pericolo e della vittoria. Era necessario il diffondere lo spirito riformatore, il bisogno di rinovamento sovra tutti i rami dell'incivilimento italiano — e limitavano la riforma a un ramo solo dell'umano intelletto; agli altri contendevano il progresso; e gli uomini che predicavano libertà politica e indipendenza dalle vecchie abitudini di sommessione, bandivano la crociata addosso agli ingegni vogliosi d'emancipazione dalle teoriche antiche filosofiche e letterarie; rubavano agli Inglesi la bilancia dei poteri e i principii della monarchia costituzionale, mentre vilipendevano schiavi del nord e traditori della patria quanti tentavano rivendicarsi negli studii e nelle composizioni quella libertà che non s'era mai perduta nel settentrione — né badavano alla necessità di educare all'indipendenza intellettuale gli uomini che volevano trarre al concetto dell'indipendenza politica; però che l'uomo è uno, e l'intelletto non s'educa a un tempo a due sistemi contrarii. La grande rigenerazione alla quale intendevano, aveva bisogno d'alimentarsi di sagrificio sublime, di forti esempli, di rinnegamento totale dell'individuo a prò d'un principio. Conveniva levar l'uomo all'altezza d'una generalità, levarlo a un concetto partito d'alto tanto, che potesse abbracciare tutta quanta la umana natura. Conveniva scrivergli dentro la tavola de' suoi diritti e de' suoi doveri, dargli la coscienza d'una grande origine, prefiggergli una missione sociale, e rivelargliela nell'azzurro de' cieli stellati, nella grande armonia del creato, nell'universo fisico ridotto a simbolo d'un pensiero potente, nelle rovine del passato, nella idea generatrice delle religioni, nella profezia de' poeti, nel raggio onde il Genio solca la terra, ne' moti inquieti del cuore, perché egli da tutte le cose imparasse sé essere nato libero, gigante di facoltà e d'energia, re del mondo e della materia, non sottomesso mai ad altre leggi, che alla eterna della ragione progressiva ed universale. Conveniva purificarne le passioni, animarle d'amore, cacciargli a fianco l'entusiasmo, ala dell'anima alle belle cose, e davanti a' suoi passi la vergine speranza col suo sorriso che dura in faccia al martirio — ed essi lo trattenevano nel materialismo, credenza fredda, scoraggiante ed individuale, rifugio a ogni uomo contro alla prepotenza delle superstizioni e della tirannide sacerdotale, ma nella quale ei non può durare senza che gli s'inaridisca il fiore dell'anima: — lo indugiavano nello sconforto d'una lotta eterna, avvezzandolo a contemplarsi dominato alla cieca e inesorabilmente dai fatti, mentre bisognava convincerlo che v'era tal forza dentro di lui indipendente da' fatti, padrona de' fatti, dominatrice dell'istesso destino: — lo angustiavano in una vicenda alterna d'azione e di reazione, mentr'era d'uopo stampargli in petto una coscienza di progresso invincibile e di trionfo. Irridevano le vecchie credenze, né tentavano sostituirne altre nuove; spegnevano l'entusiasmo, e volevano risvegliarlo con nomi: parlavano di patria alle moltitudini, e struggevano la fede, patria dell'anime; la fede in una legge superiore di miglioramento, in un concetto di moto perenne che abbracci e promova tutta la serie dei fenomeni umani: — la fede che creò la potenza di Roma, la vasta dominazione del Maomettismo, i diciotto secoli del Cristianesimo, la Convenzione, Sand, e la Grecia risorta: — la fede che ridona la dignità perduta allo schiavo, e gli grida: Va! va! Iddio lo vuole! Iddio, che t'ha creato a immagine sua, e t'ha spirato una scintilla della sua onnipotenza! Questo avrebbero dovuto tentare i primi riformatori d'una nazione caduta in fondo, se i primi potessero far altro che intravvedere un rinnovamento e morire per esso. Poi, scendendo alle applicazioni, era necessario avere il popolo, suscitare le moltitudini: a farlo, bisognava convincerlo che i moti si tentavano per esso, pel suo meglio, per la sua prosperità materiale, perché i popoli ineducati non si movono per nudi vocaboli, ma per una realtà; e a convincerlo di queste intenzioni, bisognava adoprarlo, parlargli, cacciar nell'arena quel nome antico e temuto di Repubblica, solo forse che parli ai popoli una parola di simpatia, una idea di utile positivo: — ed essi tremavano del popolo; disperavano — mosso che fosse — di poterlo dirigere; e lavoravano ad addormentarne il ruggito, o a moverlo, gli esibivano teoriche astruse di poteri equilibrati, idee metafisiche di lotta ordinata, sicché ne escisse quiete permanente allo stato, e costituzioni accattate da altri paesi, provate oggimai inefficaci a durare, e non adattate ai costumi, alle abitudini, alle passioni. — Le rivoluzioni si preparano colla educazione, si maturano colla prudenza, si compiono colla energia, e si fanno sante col dirigerle al bene comune. Ma le rivoluzioni, a questi ultimi tempi, sorsero inaspettate, non preparate, artificialmente connesse; furono dirette al trionfo d'una classe sovra un'altra, d'un'aristocrazia nuova sovra una vecchia — e del popolo non si fece pensiero — poi, procedettero sulla fede di principii fittizi, lasciati all'arbitrio di governi astuti che gl'interpretassero, paurose di ogni cosa, disperate d'ogni soccorso, che non venisse dalla diplomazia, o dallo straniero, l'una, arte essenzialmente menzognera, l'altro, essenzialmente sospetto, amico talvolta dei forti, non mai de' fiacchi. Noi vedemmo uomini insultare a re, imponendo loro leggi e patti che insegnavano aperta la diffidenza, e dimezzavano il loro potere — e nello stesso tempo fidarsi illimitatamente nelle loro promesse e nei loro giurí come se i tiranni avessero un Dio nel cui nome giurare. Vedemmo assalita nelle costituzioni proposte l'aristocrazia, e non pertanto venir chiamata alla somma delle cose, come se le caste potessero mai suicidarsi. Leggemmo sulle bandiere il nome d'Italia, mentre si rinnegavano ne' proclami e nelle operazioni i fratelli vicini e insorti per la stessa causa, nell'ora stessa, in forza di concerto comune. Udimmo gridare indipendenza di territorio, mentre il barbaro guardava alle porte; e intanto l'andamento de' nuovi governi si fondava sulla speranza d'evitare una guerra, che la natura ha posta eterna fra il padrone, e lo schiavo, che rompe la sua catena — e si frenavano i giovani che volevano diffondersi in piú largo terreno — e si decretavano toghe, non armi. — Errori che ci hanno fruttato taccia di codardia dagli stessi che ci hanno illusi vilmente e traditi: errori figli forse piú delle circostanze e della infamia de' gabinetti europei, che degli uomini preposti alle cose nostre; ma tali che il sostenerli avvedimenti politici di profonda esperienza è oggimai parte d'inetti o di traditori.

E allora — guardammo d'intorno a noi; allora ci lanciammo nell'avvenire. L'anima sconfortata dalle lunghe delusioni si ritemprò nella coscienza d'una eterna missione, si rinfiammò nel sentimento d'un furore di patria, d'un voto di libertà ch'è la vita per noi. Gli errori de' padri erano voluti dai tempi; ma noi perché dovevamo insistere sugli errori de' padri? Gli anni maturano nuovi destini; e noi, contemplando il moto del secolo, intravvedemmo una giovine generazione, fervida di speranze — e la speranza è il frutto in germoglio — commossa a nuove cose dall'alito spirituale dell'epoca — agitata da un bisogno prepotente di forti scosse, e di sensazioni: e di mezzo ad essa, tra la incertezza dei sistemi, tra l'anarchia de' principii, dall'individualismo del medio evo, dal fango che fascia la vita italiana, sorgere qua e là uomini che vivono e muoiono per una idea; levarsi anime che, come Prometeo, protestano contro la fatalità che li opprime, e l'affrontano sole; apparire aspetti, che hanno una profezia d'avvenire sulla fronte: esseri d'una natura superiore che la natura caccia sempre sulla terra al finire d'un'epoca per congiungerla alla nuova — e tutta la generazione, e que' pochi privilegiati non mancano, ad esser grandi, che d'un riconcentramento d'opinioni e tendenze, d'una unità nella direzione, d'una parola feconda, energica, incontaminata d'odio e paura, che riveli nudo e potente il voto del secolo.

Questa parola noi la diremo.

Questo voto noi tenteremo d'interpretarlo. Tutte le tendenze che ci parve intravvedere nel secolo, e che abbiamo accennate nel corso di quest'articolo, noi le svilupperemo nel nostro giornale coll'ardore di gente che né spera, né teme dai partiti politici, e non vede sulla terra se non uno scopo e una via per arrivarlo. E da queste tendenze ch'or sono in germe, da tutte le necessità che sgorgano innegabilmente dai fatti trascorsi, dalle ispirazioni dell'epoca, escirà, noi lo speriamo, un sistema che raccoglierà intorno a sé la generazione crescente. Non è che un sistema, ripetiamolo anche una volta, che noi abbiamo voluto accennare col nome di Giovine Italia; ma questo vocabolo noi lo scegliemmo, perché con un solo vocabolo ci parea di schierare innanzi alla gioventú italiana l'ampiezza de' suoi doveri, la solennità della missione che le affidano, le circostanze, perch'essa intenda come l'ora è suonata di levarsi dal sonno ad una vita operosa e rigeneratrice. — E lo scegliemmo, perché, scrivendolo, noi avevamo in animo mostrarci quali siamo: combattere a visiera levata: portare in fronte la nostra credenza, come i cavalieri del medio evo la tenevano sullo scudo — però che noi compiangiamo gli uomini che non sanno la verità, ma disprezziamo coloro che, sapendola, non osano dirla.

Vergini di vincoli, e di rancori privati, con un cuore ardente di sdegno generoso, ma schiuso all'amore, senz'altro desiderio fuorché di morire pel progresso dell'umanità e per la libertà della patria, noi non dovremmo essere sospetti d'ambizioni personali, o d'invidie. — La invidia non è passione di giovani. — Fra noi chi cura gl'individui? chi move guerra a' nomi? L'epoca de' nomi è consumata; siamo all'epoca de' principii; non difendiamo, né assaliamo che questi, non siamo inesorabili che su quel terreno. Là è il perno del futuro; là stanno le nostre piú care speranze. — Le generazioni passano; i nomi e le battaglie intorno ad essi passeranno soffocate dal torrente popolare, che sta per diffondersi. Stendiamo un velo sui fatti che furono: chi può far che non siano? — ma l'avvenire è nostro; le teoriche del passato noi le rifiutiamo pel tempo che c'incalza. Noi cacciamo la nostra bandiera tra il mondo vecchio, ed il nuovo — chi vuole s'annodi intorno a questa bandiera; chi non vuole, viva di memorie, ma non cerchi di sollevarne un'altra, caduta, e lacera.

Che se tra gli uomini a' quali l'esser nati in un'epoca anteriore alla nostra ha stillato un dubbio nell'anima, che si voglia per noi e per le nostre dottrine rimoverli dalla impresa, vi sono uomini che abbiano la canizie sul capo e l'entusiasmo nel core, uomini che procedendo col tempo veglino lo sviluppo progressivo degli elementi rivoluzionari, e modifichino a seconda di questo sviluppo il loro piano d'operazione, oh vengano a noi! guardino spassionatamente alle nostre teoriche, a' nostri atti, ai nostri affetti — e vengano a noi! Vengano, e ci snudino le ferite onorate che ottennero nei campi delle patrie battaglie: noi bacieremo quelle sante ferite; venereremo que' capegli canuti; accetteremo il loro consiglio, e raunandoci intorno ad essi, li mostreremo con orgoglio a' nostri nemici sclamando: noi abbiamo la voce del passato, e quella dell'avvenire per la nostra causa!

Sia dunque pace! — Pace è il voto dell'anime nostre. In nome della patria — in nome di quanto v'è di piú sacro, noi gridiamo pace! — L'accusa di seminar la discordia ricada sulla testa degli uomini che si gridano liberi e non ammettono progresso nelle cose umane — che parlano di concordia e accumulano le interpretazioni maligne e i sospetti sulle parole proferite candidamente — che predicano la unione, e schizzano il veleno sulle intenzioni. — Con questi, non è via d'accordo possibile.

Giovani miei confratelli — confortatevi, e siate grandi! — Fede in Dio, nel dritto, ed in noi! — Era il grido di Lutero, e commosse una metà dell'Europa. Innalzate quel grido — e innanzi! I fatti mostreranno se c'inganniamo, dicendo che l'avvenire era nostro.

Mazzini.

ORAZIONE PER COSIMO DAMIANO DELFANTE

Dentro povera tomba, in mezzo a un'isola lontana dal nostro emisfero giace il Fatale, che nessuna altra cosa ebbe di comune con gli uomini tranne il nascimento, e la morte. Chi mai vorrà giudicarlo, o chi volendo potrà? Tremi la gente d'interrogare quel sepolcro, poiché le sorgeranno nell'anima siffatti pensieri, che ella poi tenterà in vano sostenere, o definire. Educato a dolentissima scuola, io da gran tempo ho appreso a diffidare di coteste azioni, che i popoli chiamano virtú, e delle altre che si vituperano pel mondo come delitti: conobbi l'uomo stimare le imprese dall'evento, e ciò talvolta per ignoranza, spesso per malignità, spessissimo per ambedue: — vidi sempre l'infamia aggravarsi sopra il caduto... Solo perché caduto, onde io e piansi, e risi, e dubitai di tutto. — Dunque con un cuore, che non si atterrisce, né s'infiamma per cosa contemplata, anima grande, mediterò su di te. Molti dei tuoi compagni ti posero in obblio; molti tra i tuoi servi ti abbandonarono: molti ancora di quelli, che beneficasti ti hanno tradito: la voce del poeta, che ti salutava Giove è spenta; tu dormi polvere, e non coronata, la tua potenza divenne di una memoria..., ma una memoria piú durevole dei secoli, che dall'alto delle Piramidi stettero a vederti vincere le battaglie egiziache!. Eterno tu avrai il dominio dei tempi avvenire, perché la vittoria ha l'ale, non già la sapienza, né si rapisce la fama come la corona. Tu fosti grande, e tale ti confessava anche l'odio. Ora chi ti levò a sí stupenda altezza, la pietà, o il terrore dei viventi? Quel forte nel canto, scorta amorosa dei miei pensieri, lord Byron sorge severo e ti domanda: «Spirito tenebroso! perché conculcasti la stirpe, che umiliando ti si prostrava davanti? Tu potevi salvare, e l'unico dono, che facesti ai tuoi adoratori è stata la tomba. O Dio! doveva il mondo essere sgabello a cosí abbietta creatura?». — Difenderò la tua causa. Dimenticando, che veniva dagli uomini la voce: scegli la tua parte, e sii oppressore, o vittima; non avvertendo al veleno, che si era posto dinanzi per sottrarsi al patibolo, Giovanni di Condorcet irradiava di speranza il tristo carcere e scriveva: doversi migliorare i destini umani, gli utili ammaestramenti non potere riuscire invano; averli la stampa diffusi per modo, che una nuova barbarie non sarebbe sufficiente a sopprimerli, e la luce della filosofia tanto penetrata nei misteri del sapere da poterne un giorno derivare facoltà di vivere immortali, e notate, uditori, che egli teneva il veleno davanti per fuggire il patibolo. Io per me penso, che questo pur fosse lo scopo del Fatale, sebbene piú moderato siccome conveniva all'indole di lui; e meditando sopra le sue azioni sembra, che non repugnasse dal conseguirlo con le armi, con le leggi, e con la religione. — Quando la fortuna del mondo lo condusse in Affrica finse costumi da profeta, e le turbe lo dissero Sultano del fuoco, e Sultano giusto; — tornato in Europa non depose il disegno, favellò di destini, accennò stelle, e forse si tenne davvero un eletto di Dio, — e forse egli era: temendo poi in queste nostre contrade troppo scarso il frutto, che si ricava dalla fede, attese il Sapiente a governare con la ragione, e compose un codice, monumento di antica, e di moderna dottrina; ma le sorti non gli arrisero del tutto in questo nuovo disegno, imperciocché lo stato singolare del secolo presente voglia che l'uomo non sia tanto scempio da lasciarsi andare alle superstizioni, né tanto incivilito per soddisfarsi del nudo ragionamento. — Gli valsero le armi, felicissime un tempo; una volta avverse, funeste per sempre. Il caso lo pose in Francia, ve lo fermò l'occasione, ve lo mantenne il destino; gli parve quel paese quasi un centro donde muovere le fila della sua trama per la universa Europa... furono queste fila di ferro, e di fuoco, eppure piú fragili del velo, che l'insetto ordisce nell'angolo della sala: — disperdi l'opera dell'insetto, ed ei tornerà a rifarla piú animoso di prima; turba l'opera dell'uomo, e questi o disperato si asterrà dal riprenderla, o consumerà la vita in vani conati per nuovamente comporla; quindi se io mal non veggo il paragone torna in vantaggio dell'insetto!

Se tu dunque, o Fatale, concepisti il disegno di emendare le colpe della creazione, nessun voto piú degno di essere adempito l'Angiolo della preghiera presentò al trono dell'Eterno. — Forse teco rimasero sepolti i destini del mondo, forse l'aquila imperiale fuggendo dalle tue bandiere si portava la speranza, e non pertanto alla gloria, che ti circonda potrebbe aggiungersi altra gloria piú splendida, voglio dir quella di benefattore della umanità, e il tuo sepolcro potrebbe annoverarsi tra i sacri pellegrinaggi.

Cosa importa, che il mio spirito contristato neghi l'umano miglioramento, e dica: la guerra è in natura; notate Austin inglese il quale dopo diciassette anni di continue fatiche, giunge appena a mantenere in vita comune quattordici animali di specie diversa pascendoli quotidianamente a sazietà; or dunque quanto piú dura impresa fia quella di accordare gli uomini in pace poiché a loro non fu concessa una somma di bene per soddisfarli tutti, o piuttosto un'anima che si potesse soddisfare? Cosa importa, che dai climi, dai costumi, dalle voglie contrarie io derivi argomento di guerra perpetua? Cosa ch'io mostri le pagine della storia eternamente contaminate dalle stesse rapine, dai misfatti medesimi? Cosa ch'io provi la civiltà aver giovato agli uomini per commettere le colpe con sottigliezza maggiore, e per cuoprirle con la ipocrisia togliendo loro quell'unica parte, che avevano di buono, o almeno di non tristo, la sincerità? Cosa, che io dichiari il pensiero di sottoporre, il mondo ad un medesimo reggimento doversi lodare piuttosto come mosso da un cuore sensibile, che da tenersi come uscito da un cervello sano? E quando ancora questa sapienza diffusa producesse alcun bene, potrei dimostrare come non essendo perenne, né dapertutto uguale le sue conseguenze diventerebbero nulle. Dove io questi, ed altri argomenti prendessi ad esporre, avrei reso un mal servigio alla società, né tu rimarresti meno il Benefattore degli uomini, imperciocché io mi sia instruito a considerare il consiglio disgiunto dall'opera, e quando per impotenza riesce inadempito ne attribuisca il biasimo a Colui, che potendo, non concedeva facoltà bastanti per conseguirlo, e la lode a chi volle, e non potè. — Ma io ho fede alla sentenza dell'Ecclesiaste: «Quello che è stato è lo stesso che sarà, e quello che è stato fatto, è lo stesso, che si farà: e non v'è nulla di nuovo sotto il sole. Evvi cosa alcuna della quale altri possa dire: vedi questo, egli è nuovo? già è stato nei secoli, che sono stati avanti di noi». E quella mano stessa, che apparve al convito di Balthazar sopra le rovine dei tempi trascorsi ha scritto la legge: Sii oppresso od oppressore. Ho veduto la sapienza pellegrinare attorno la terra, e non posarsi mai, e al suo partire sopprimere ogni traccia della dimora; — ho contemplato un popolo crescere, allargarsi, e dominare per tutta la terra, divenuto poi debole cadere per infermità interna, o per guerra di fuori; cosí tra le nazioni di cui conserviamo memoria avvenne ai Romani, cosí ai Longobardi, cosí ai Francesi sotto Carlo Magno, agli Spagnuoli sotto Carlo V, nuovamente ai Francesi sotto Napoleone, e forse esistono adesso due popoli ai quali si apparecchiano gli stessi destini nelle ragioni del declinare, e del sorgere. Quando io considero l'assiduo alternare di siffatte vicende, esclamo dal profondo dell'anima: oh! perché non si posava il tuo sguardo sopra la terra, che ti dette la vita! Nel modo stesso col quale Dio creò la luce se profferivi la parola: Italia sia, e Italia sarebbe stata. Se al volo antico drizzavi l'aquila romana, meglio della tua francese avrebbe conosciuto; e con la piú robusta percorso la via del firmamento; e se avversa ti stava la fortuna, noi ti avremmo co' nostri petti difeso, superati e non vinti giaceremmo insieme nella terra di Cammillo e degli Scipioni... ma noi avremmo vinto perché la causa delle nazioni cimentata dal sangue dei martiri termina sempre col trionfo, perché la parola del forte, che spira in difesa della patria ha virtú di fecondare la sabbia del deserto... e noi Italiani non siamo sabbia per Dio. — Ahimè! forse anche questo è un delirio, e la differenza, che passa tra il delirio del sapiente, e quello dello stolto consiste in questo, che il primo ha potere di troncarlo, con un forse, mentre il secondo deve continuarlo all'infinito! Cominciai col dubbio, ho concluso col dubbio, valeva meglio tacere... pure qual altra scienza oltre il dubbio conviene al nato per morire? Gli umani ingegni non distinsero mai il bene, e il male: vana, ed incerta ogni cosa, certa soltanto la morte; il periodo di vita, che percorriamo è assai piú breve di quello, che sembra: due terzi della infanzia, e della vecchiezza sono spesi nel sonno, un terzo ne consumiamo nella pubertà, e nella virilità; l'uomo che vive ottant'anni, ne ha dormiti quaranta! Gli occhi ne furono concessi per contemplare la sciagura, e per piangerla! E nondimeno fra tanto estremo di miseria vi han tali, che godono tormentare l'anima del fratello, e seminargli il sentiero di triboli. Verseremo noi l'ira di uno spirito ardente sopra di loro? Imprecheremo scongiuri su la testa abborrita di cui la ricordanza gli spaventerà piú dei propri rimorsi? Dire parole insomma, che suoneranno loro piú terribili della chiamata dell'angiolo al giudizio di Dio? No. Voi non siete feroci come Catilina, né simulati come Tiberio, né maligni come i Borgia; abbietti, schifosi, meschini non meritate né anche la fama di Erostrato, vivete... io vi condanno a vivere, a rodervi nella coscienza della vostra nullità.

Lasciamo di coteste infamie, e di coteste miserie, leviamoci a respirare un aere piú puro, e poiché di siffatta potenza ci erano i cieli cortesi, sorgiamo a meditare le bellezze ideali, circondiamoci d'illusioni, c'inebbriamo di gloria se di felicità non possiamo.

Favelliamo di gloria. — Napoleone Buonaparte tratto dalla volontà, e dalle vicende muove in Egitto, lasciando la Francia temuta; e seco parte la fortuna di Francia! Mentre egli vince alle Piramidi, al monte Tabor, ad Aboukir, altri generali francesi le sue conquiste perdevano. — Mantova presa, l'Olanda di Russi e Inglesi ingombrata, la sconfitta della Trebbia, — l'altra di Novi — Massena, già folgore di guerra, adesso condottiero infelice, Scherer respinto, Joubert ucciso, Macdonald, e Moreau superati, ogni cosa in rovina. — Napoleone Buonaparte udite le sinistre notizie, abbandonava Alessandria, si poneva all'avventura sul mare; scampato dagli elementi, e dai nemici, tornava a Parigi. Qui giunto, con tali parole favellava al Direttorio: «Che avete voi fatto di questa Francia, che tanto prosperevole vi aveva lasciata! Dov'era pace, rinvenni la guerra, dove lasciai vittorie, ho incontrato sconfitte... perché tanta miseria quando io vi consegnai i milioni d'Italia? Che avete voi fatto di cento mila Francesi tutti compagni della mia gloria? — Perirono». Cosí rampognava per ira, piú per arte. — Soppresso il Direttorio, ridotta in sue mani la somma della Repubblica, pensa ristorarne la declinata fortuna, e agevolmente il poteva, poiché seco era tornata la vittoria: gl'impedimenti, che gli oppongono la natura, e gli uomini superava, con sottilissimo ingegno; il forte Bard sfuggiva, a Chiusella, e a Montebello vinceva, le pianure italiane occupava. Si affronta in mortale combattimento co' suoi nemici nei campi di Marengo; cotesta fu una battaglia di giganti; — l'Austria cadde; — l'Italia tutta in poche ore tornò nel dominio Francese, il Genio del primo Console prevalendo costrinse gli avversari a supplicarlo di pace.

Questi fatti raccontava la fama per le città italiane, sicché forte se ne infiammavano le menti di quelli, che le udivano. — Era in que' tempi nei giovani petti Italiani un desiderio, un anelito di accorrere sul campo delle battaglie, che apertamente dimostrò, non anco in essi morto l'antico valore, e santi furono allora i nostri voti, imperciocché Napoleone fingendo amare le libertà italiane, richiamava in vita la Repubblica Cisalpina. — Ah! furono inganni cotesti... Ma l'Antomarchi applicando al cranio di Buonaparte il sistema di Gall, lo trovò tanto potente simulatore, e il cuore dei giovani si lascia cosí di leggieri prendere alle illusioni, ch'io davvero tremo pel giudizio, che i posteri faranno su la memoria di quel Grande, malgrado le mie difese; — pure se gl'Italiani si lamentano, che tu non li abbia amati, non però ti maledicono mai; essi avrebbero voluto difenderti col proprio sangue, e con quello dei figli, essi quantunque da te delusi pregano Dio, che ti perdoni com'eglino ti hanno perdonato. —

Nato da poveri genitori nel 1781, viveva in questa nostra patria Cosimo Damiano Delfante. L'anima caldissima del giovanetto, l'ingegno pronto ed il sentirsi forte gli facevano mal comportare gli oscuri natali; — e l'esperienza insegna essere la ignobilità piú che la chiarezza del linguaggio, stimolo acuto a ben meritare avendo la natura concesso all'uomo maggiori potenze per acquistare, che non per mantenere. Ora pervenuto Cosimo nostro al suo ventiduesimo anno, incapace a reprimere il genio interno, si presentava al padre tutto tremante, e gli diceva: «Chiamarlo la patria, né volere egli rimanersi inoperoso alla chiamata; non badasse al momentaneo dolore, tra poco la fama dei suoi fatti lo consolerebbe di mille doppi; gli desse intanto la paterna, benedizione». — Qual core fosse il mio, mi parlava Giovacchino Delfante, il quale ottuagenario si vive con la vecchia moglie Uliva Bujeri in Livorno, «qual core fosse il mio nel sentire il disegno di Cosimo, pensatelo voi...» e fissatomi in volto aggiungeva: « — No, voi nol potete immaginare perché dalla vostra giovanezza suppongo, che non siate anche padre...» Il mio corpo fremé per ogni fibra, l'anima si sollevò in un sospiro, e tacqui; — egli riprese: «Dio me lo aveva dato per unico figliuolo, e Dio non volle, che sostenesse la mia vecchiezza; — Cosimo fu di persona piú alto di voi, e piú robusto assai; di sguardo benigno, se non che quando lo vinceva l'ira, ne tremavano tutti; e pure malgrado il suo impeto, le amarezze piú forti, che mi abbia apportate sono queste: nella notte in cui arse lo Scipione, — voi avrete sentito da vostro padre il caso dello Scipione, — era un vascello Francese, che incendiò nella nostra spiaggia, chi disse in que' tempi per negligenza, chi per malizia, e veramente in quella occasione si commessero orribili fatti, pochi salvarono le vite, il legno deserto lanciava da ogni parte schegge, e ferramenti infocati, le artiglierie sparavano contro la città; quando giunse la fiamma al magazzino delle polveri parve ne subbissasse Livorno; in quella notte d'inferno, Cosimo non si ridusse a casa, e si rimase con molto suo pericolo a contemplare dal molo cotesto spavento. — L'altro dolore me lo dette nel '98, allorché vennero i Francesi a portarci un palo, e un berretto, che chiamavano la libertà, e ci rapirono monumenti preziosi, ed averi. — Il mio Cosimo non potendo soffrire la superbia di uno tra costoro lo sfidava a duello; il repubblicano non vergognò adoperare l'arme contro un fanciullo di quindici anni, ma il figliuol mio per quello, che poi me ne raccontarono se la cavò bene, perché senza che io ne sapessi nulla, aveva imparato di scherma; — in cuore n'ebbi piacere, ma lo rimproverai comandandogli per quanto aveva caro l'affetto di suo padre non ne facesse piú, alle quali rimostranze, egli scusandosi, rispose: «Che il sangue voleva la sua parte, e chi soffriva in pace l'ingiuria meritava quella, ed altre ancora». Per quanto le mie povere facoltà lo consentivano feci educarlo come meglio potei; tutto egli apprendeva con prestezza maravigliosa in ispecie le lingue, e quando si partí da Livorno sapeva il latino, il francese, e l'inglese, di piú imparò il tedesco, lo svedese, e lo spagnuolo. — Io vedeva andare con lui le mie speranze; l'animo mi presagiva male, rimaneva solo; pure egli affermava chiamarlo in sua difesa la patria, sospirai considerando che non avevo altri figli, e feci il sacrificio alla patria di questo unico mio; — io lo benedissi: la povera Uliva, che dopo la sua morte perdé alquanto del lume dell'intelletto, univa alla mia la sua benedizione, piangendo come piangono le madri quando si staccano da un figliuolo unico, e Cosimo anch'egli tutto in lacrime si partí sul principiare dell'ottobre 1803». Mentre l'ottimo vecchio questi casi mi raccontava, la madre udendo com'io mi fossi quivi condotto per iscrivere la lode del suo figliuolo defunto, mi si accostò vacillando, e con pianto dirotto prese a baciarmi il lembo del mantello! — Volli consolarla, e non trovai la parola.

In questa maniera Cosimo Delfante, separatosi dai suoi genitori, giungeva a Reggio, e quivi volontario il 22 ottobre 1803, indossava la veste del soldato. — Egli però non era uomo da starsi lungo tempo confuso col volgo, e infatti da una patente autentica della Repubblica italiana io ricavo come dopo tre giorni lo creassero caporale, dopo otto sergente, dopo ventuno al grado di sotto-tenente, lo promovessero. Nel 14 aprile 1804, il Vice-presidente della Repubblica italiana Melzi di Eril, innamorato delle ottime qualità del nostro concittadino, desiderò che col grado medesimo passasse a far parte della guardia del Presidente nel battaglione dei granatieri; e voglionsi qui riferire le onorate parole con le quali il suo antico superiore Foresti gli accompagnava quest'ordine:

«Il capo non può abbastanza palesare il suo dispiacere per la perdita al corpo di un ufficiale, a che per la sua moralità, zelo, ed intelligenza si è distinto nei differenti gradi da lui occupati nella mezza brigata; si compiace però di vederlo collocato in un corpo ove piú vasto campo gli è aperto per dimostrare i suoi talenti, e non dubita, che saprà con la sua condotta meritare la stima, e l'affetto dei nuovi superiori, e camerata, e conservarsi cosí la vantaggiosa opinione, che lascia di lui nella seconda mezza brigata».

Esaminando le poche carte, che per fortuna avanzano di questo valoroso, trovo una lettera del Ministro della guerra a lui diretta con la quale gli raccomanda di trasferirsi nei dipartimenti dell'Olona, del Lario e del Serio per accogliere que' giovani che mossi da entusiasmo volessero militare per la patria, e poco sotto aggiunge molto promettersi dall'opera sua come quello, che aveva grandissima influenza per le sue relazioni ne' mentovati dipartimenti, e pei suoi modi cortesi riusciva gradito all'universale. — Veramente Cosimo Delfante avrebbe con buone parole persuaso i piú schivi, ma giova ripetere come la gioventú italiana non abbia bisogno d'invito per correre alle armi. — Ricorda la Storia come nel 1812 essendo stata imposta l'estrazione su i conscritti del cantone di Chivasso dipartimento della Dora nel giorno decimo di ottobre, i giovani di Chivasso, e Varlengo comparissero, quelli di Brandizzo divisi dai torrenti Orco, e Malone gonfi per insolita pioggia mancassero; non era da tentarsi il guado, che l'acqua menava giú a furia, e non si trovavano barche. — Il Viceprefetto saputa la cosa aggiornava la estrazione al sabato venturo; — appena egli aveva profferito il decreto, i giovani di Brandizzo grondanti acqua gli appariscono davanti: — non avevano quei magnanimi sostenuto, che si fosse detto di loro: — i Brandissesi mancarono alla chiamata, dell'onore, e poiché tentati diversi argomenti per traghettare il torrente riuscirono invano, il piú robusto tra essi si lanciò nell'acqua, prese la mano al compagno, e questi a un altro, e cosí procedendo formarono una catena da una sponda all'altra, e con molto pericolo non meno, che con gloria immortale superarono la corrente. Tal era in que' tempi, e tale sarà, dove l'occasione si mostri, l'ardore della gioventú italiana! —

Tornando adesso al nostro concittadino Delfante ho narrato in qual modo nel periodo di pochi giorni dal grado di semplice soldato a quello di sotto-tenente nella guardia del

Presidente pervenisse. A tanto gli valsero l'ingegno pronto, le cognizioni acquistate; adesso ardeva distinguersi con qualche bello atto di valore, né imperando Napoleone Buonaparte era lungamente da aspettarsi il modo.

Male comportarono gl'Inglesi la pace d'Amiens conchiusa il 23 maggio 1802, e fino da quel tempo Sheridan aveva dimostrato qual fosse l'opinione del pubblico, intorno ai patti nella medesima stabiliti; mandarono pertanto a lord Whitworth, ambasciatore a Parigi, perché ordinasse al governo di Francia sgombrare immediatamente l'Olanda, concedere per dieci anni all'Inghilterra il domino di Malta, e Lampedosa; se no, rompesse la guerra. — L'esercito inglese è fatto prigioniero nell'Annover, il duca di Cambridge scampa malapena fuggendo, l'Elettorato cade in potestà dei Francesi. — Napoleone apparecchia a Bologna sul mare le armi per condurre la guerra nelle Isole britanniche; al punto stesso scuoprendo le lunghe arti, sopprime ogni apparenza di uguaglianza, e desidera dominare solo su la Francia e l'Italia.

In Francia lo acclamano Imperatore tutti, meno Carnot.

L'Italia non può, né vuole contendergli il principato, egli prende di sua mano la corona da gli altari; e se la cinge al capo, e reputando fermare eterne sul capo la potenza, e la vita, esclama nell'orgoglio dell'anima: guai a chi la toccherà! Dio la toccò, Dio, che distrusse con la corona la testa che la portava.

Adesso pensoso quel mirabile politico Guglielmo Pitt sopra i destini della patria, volendo volgere altrove la tempesta, ordina nuova lega con Russia, e con Austria. La Baviera sorpresa cede alle armi tedesche. Muove Napoleone al soccorso e seco le milizie italiane, e il nostro Delfante; seguendo le arme del Fatale egli vide nemici con la prestezza del desiderio dispersi, Ulma caduta, Vienna presa, lo Imperatore fugato; e Russi, e Tedeschi apprestargli nei campi di Osterlizza una nuova vittoria, nissuna forza pareva potesse resistere a quel Terribile; dodici generali tra russi, e tedeschi spenti sul campo, quarantacinque bandiere, centocinquanta cannoni ornarono il trionfo dei Francesi, uno degl'Imperatori chiedeva pace, l'altro per soverchia generosità lasciato andare. —

Cosimo Delfante operò in questa impresa prove di valore, e ne venne ricompensato col grado di tenente. Su le pianure di Osterlizza quantunque inebbriato dalla vittoria non obbliò i cari parenti, che stavano lontani trepidando per la sua vita, e scrisse loro del nuovo grado, delle azioni fatte, di quelle, che statuiva di fare. — Chiesi le lettere al padre, ed egli mi rispose, averle distrutte preso dal dolore all'annunzio della sua morte. — Siccome io credo, che l'affanno di un padre per la perdita dell'unico figlio in qualsivoglia maniera si manifesti sia cosa sacra, cosí mi tacqui sconfortato. —

A brevissima pace nuove guerre succedono. Insorge la Prussia. Vinta a Schleitz, ed a Saalfeld, prostrata a Jena, e a Lubecca in quindici giorni cessa di esistere quella potenza, che Federigo il Grande aveva con tanto sangue, e con tanta politica instituita. — Torna la Russia a tentare la sorte delle armi, e le riescono infelici a Czarnuovo, a Pultusk, a Calymin, e sempre; perde altri 25,000 uomini sul campo di Eylau, oltre a 60,000 su quelli di Friedland. — Veramente io dubito forte, che i posteri vogliano aver fede in siffatti racconti, ed anche i presenti gli stimerebbero esagerati dove la turba delle madri, e delle vedove le quali tuttavia piangono, veri non glieli attestasse pur troppo. — Conchiusa la pace di Tilsith, Gustavo IV di Svezia ardiva solo opporsi alla potenza di Buonaparte: a ciò lo inducevano le istigazioni inglesi, e la cupidigia dell'acquisto della Norvegia. — Buonaparte sdegnando adoperare il suo ingegno per opprimere cotesto avversario, manda Brune, e con Brune il Gen. Pino, condottiero delle milizie italiane di cui faceva parte Delfante. Adesso si narra come Pino procedendo alla volta di Stralsunda affidasse la condotta di un buon numero di soldati al nostro cittadino ordinandogli aspettarlo in certo luogo determinato: andava, e attendeva il Delfante; vedendo poi, che tardava, e dubitando che se ne fosse andato oltre, s'incamminava animoso alla volta di Stralsunda; lo raggiunse dopo alcune ore il suo Generale, e turbato non poco pel pericolo a cui si era esposto, lo chiamò incauto, gli disse imprudente. — «Trovate dunque chi meglio adoperi prudenza di me» rispose Cosimo, e se ne andava, senonché richiamatolo il buon generale, dolcemente rimproverandolo lo confortava a deporre lo sdegno, e a starsi di lieto animo, ch'egli avrebbe pensato, secondo i suoi meriti, a ricompensarlo. — Posto l'assedio intorno Stralsunda, certa notte il generale gli commetteva portasse l'ordine ad un suo subalterno di avvicinare i quartieri al forte dell'armata; provvedesse ad eseguirlo celeremente, poiché quella stazione come troppo lontana, poteva da un punto all'altro riuscire piena di pericolo. Andava Delfante, e trovato che il superiore si era dipartito dai suoi soldati per darsi buon tempo, egli desideroso di corrispondere alla fiducia, che in lui aveva riposto l'ottimo Pino, con singolare perizia operò in modo, che il campo fosse mutato. Il generale soddisfatto per quest'azione, appena n'ebbe inteso il racconto, postagli la mano sulla spalla gli disse: «Tu sei un valoroso capitano» e fino da quel punto Cosimo nostro tenne nella milizia quel grado. — Cadde Stralsunda, imperciocché Gustavo avesse per difenderla la pertinacia, non l'ingegno di Carlo XII, e fu smantellata da Brune; cadde ancora dopo pochi giorni l'isola di Rugen, e cosí ebbe fine la guerra della Pomerania Svedese.

Comincia la guerra spagnuola; guerra per la quale si conobbe quanto possano i popoli sebbene inesperti dell'arte militare allorché abbiano fermo di vincere, o seppellirsi sotto le rovine delle loro città: — ogni goccia di sangue versato per la patria produce nuovi difensori, e quelli spenti, altri, e piú fieri risorgono finché l'oppressione non sia superata. — Ma da una parte non combatté sola la cupidigia d'impero; la inquisizione soppressa, le barbare leggi abolite, gli errori o distrutti, o diminuiti, le insolenze feudali raffrenate dimostrano come ancora si volesse migliorare; né dall'altra fu tutto amore di patria, ché vi si aggiunsero le ignoranze superstiziose, e le ferocie di uomini di sangue. Ben fece Napoleone, se il suo genio lo chiamava a mutare i destini degli uomini, a costringerli onde i beneficii della civiltà ricevessero; meglio operarono gli spagnuoli a rigettarli perché partecipati in modo, che parevano una pena, e il benefizio per forza trasmesso equivale all'ingiuria. Forse da ambedue le parti stava la ragione, da ambedue il torto. Nuova, eppure a mio senno, maniera unica è questa per considerare le storie dove l'uomo non voglia ricercare i fatti dei suoi simili per dedurne offese, o difese a coloro, che li operarono, sibbene ammaestramenti di esperienze per giudicare le vicende attuali.

Il sig. cav. Laugier, nome carissimo alla gloria delle armi italiane, in certa sua lettera scrivendo del nostro Delfante cosí si esprime: «Reduce dai geli del settentrione, partiva alla volta di Catalogna, desideroso d'imprendere geste maggiori. La battaglia di Trentapassos, quella di Molinos del Rey, l'altra di Valz, la presa di Vique, l'assedio di Girona, la caduta di Hostalrich, e finalmente un numero infinito di fatti di arme levarono tra i piú distinti il nome dell'ottimo Delfante» e poco sotto, «prode quanto buono, e generoso bisognava vedere con quale tenerezza si occupasse degli amici, dei sottoposti, degli stessi nemici tostoché cessava lo strepito della battaglia. — Oh! quante famiglie a cui egli salvava vita, onore, e sostanze innalzarono al cielo fervidissime preci onde invocare la benedizione su quell'anima veramente celeste; non v'era superiore, non compagno, non subalterno, che non lo amasse, e lodasse. A lui davvero poteva applicarsi la divisa di Baiardo: — il cavaliere senza rimprovero, e senza paura». E questo è elogio con tanta pienezza di animo gentile tributato alla memoria del compagno defunto, da meritare, che almeno per una metà ritorni in onore del cav. Laugier. — Il padre Giovacchino Delfante mi narrava siccome presa Figueras il figliuol suo, capitanando una mano di soldati rimanesse stretto all'improvviso da troppo maggior numero di milizie spagnuole, le quali schernendo, e mostrando le armi, intimassero agl'Italiani nostri la resa. — Cosimo voleva animare i suoi con la voce, né, vinto dall'ira, potendo, dava con la spada assai piú forte eccitamento, che con la bocca; si cacciò a corpo perduto nella folla, lo seguitarono i suoi, e ne accaddero molte, disuguali mischie particolari. Ma i nemici si addensavano su quel drappelletto di valorosi, già molti ne avevano uccisi, piú molti feriti; — chiusa allo scampo ogni via. — Delfante volge attorno lo sguardo, e veduto in parte diradato il cerchio, si avventa su quella, si sgombra il sentiero, e guadagna celerissimo co' suoi una forra vicina: il nemico costretto a ridurre la fronte secondo l'angustia del passo, perde ogni vantaggio, avvilito per le troppe morti rallenta l'ardore,... cessa d'inseguire e il nostro cittadino cosparso di sangue spagnuolo, e del suo, riconduce salvi i soldati al campo italiano. Mentre cosí il vecchio padre esponeva le geste del figlio, il sangue gli si era scaldato, e gli ornava il volto coi colori della gioventú.

Meritavano queste prodezze conveniente mercede, ed egli già fino dal principio della guerra era stato promosso al grado di aiutante di campo del general Pino; ora per decreto imperiale riceveva l'ordine della corona di ferro; poco dopo la stella della legione di onore. Il cav. Camillo Vaccani nella sua opera degl'Italiani in Ispagna rammenta onoratamente il nostro Delfante, allorché il general Pino, circondato dal colonnello Marsshal, su le alture dei monti Ramannà fece prigionieri 1500 Spagnuoli i quali accorrevano in soccorso di Girona. Narrasi ancora ch'egli fosse dei primi a salire la breccia del forte Monjoui presso Girona, dove dagli assaliti, e dagli assalitori furono operate prove di prodezza inaudita.

In questa guerra spagnuola, io lo avvertiva poc'anzi, si vide fino a qual punto estremo possano giungere o la ferocia, o l'eroismo della creatura umana. — Agostina da Zaragozza, fortissima vergine, fuggiti i difensori, abbattuta la porta Petrillo, non dubita dar fuoco ai cannoni, sfolgorare i Francesi di mitraglia, e ributtarli fuori delle mura; e quantunque l'obbligo mi costringa ad esser breve, a me non riesce esserlo tanto, che lasci innominata per queste mie carte l'illustre donna Lucia Fitz Gerard condottiera della crociata a difesa di Girona. Nuove battaglie, dico, furono queste, che vado raccontando, né da Napoleone aspettate; e' bisognava a palmo a palmo conquistare il terreno, dispersi oggi i nemici tornavano piú infesti e numerosi domani; il pugnale, e il veleno spensero piú vite, che non le armi guerresche; ed è santo ogni mezzo purché ordinato alla salute della patria. Ridotte in mucchi di sassi le mura delle città, era mestieri combattere di contrada in contrada, di casa in casa, di piano in piano; ardevano i cittadini le proprie dimore, e le rovine, e sé stessi sopra gli odiosi stranieri precipitavano, oppure scavavano buche, vi nascondevano polveri, e con la propria, la morte di molti nemici procuravano. Le malattie, la fame, la dura necessità, che domarono fin qui ogni ente mortale, non vinsero gli Spagnuoli; — morivano, non si arrendevano. Alvarez, comandante di Girona vicino a spirare anziché scendere alla capitolazione dismesse la carica. Solo un dolore era comune ai vinti, quello di non esser morti; rimproverati della feroce loro ostinatezza rispondevano: «Se volete svergognarci davvero, fateci rampogna del viver nostro dopo che giurammo morire; mostrateci gli edifizi, che pur sorgono illesi, non i caduti, i prigionieri non i cadaveri.» — «Infelice popolo, qual frutto ricavasti da tanti sagrifizi? Dove sono i tuoi guerrieri? Quale hanno mercede nel riposo della patria? Come i tuoi destini migliorasti? — Mi valgano le parole del paterno mio amico l'illustre generale Colletta: «Alvarez morto in carcere, Bleke, Fournays perseguiti, e disgraziati: O-Donnell, sentenziato come traditore, schiva con la fuga la morte: Ballesteros, Morillo vivono spatriati, o prigioni nella Francia: vive in Inghilterra da fuggiasco il prode Mina: l'Empecinado è morto sul patibolo: ed in somma dei piú chiari Spagnuoli chi fu spento per pena, o per nuovi sconvolgimenti, chi piú infelice mena il remo, e chi (gli avventurosi) stan liberi ma dimenticati, e mal visti». — Oh! chiudete il volume della storia, troppo vi soverchiano le memorie dei misfatti, e delle sventure onde l'uomo possa percorrerlo senza sentirsi l'anima travagliata da infinita tristezza. — Salomone profeta apertamente lo insegna: «Non acquistate sapienza, perché in essa si contiene altissimo affanno; non accrescete la scienza, perché in essa è perturbazione di spirito: il ricercare per molti libri non mena a nulla, e la frequente meditazione inaridisce la carne».

Ora il mio subbietto mi stringe a raccontare altre guerre, altro dolore. Due colossi si stringono in battaglia di morte. Pare, che potenza umana non potesse superare il Fatale, perché i geli, il fuoco la fame si unirono in lega co' suoi nemici, e allora soltanto ne rimase abbattuto, né meno si voleva per abbatterlo. — Nel giorno 22 giugno si apre la impresa russa. Quante speranze affidavano la Francia! Un capitano, che non conobbe mai fuga, un esercito provato di oltre 500,000 uomini numeroso, generali valorosissimi; però sembravano le parole profferite in quei tempi da Napoleone profezia del futuro:

«Noi non ancora degenerammo, siamo gli stessi di Osterlizza, varchiamo il Niemen, la seconda guerra contro la Russia sia non meno della prima gloriosa alle armi francesi, e imponga termine alla influenza russa, la quale da ben 50 anni turba le condizioni di Europa». Napoleone traghettata la Dwina, espugna il campo trincerato di Drissa, rompe il nemico, lo insegue fin presso Polotosk; — proseguendo il cammino, valica il Boristene, vince a Krasnoie, supera di nuovo i nemici a Smolensko, arde la città; — continua la via, giunge alla Moskowa. Le storie moderne non ricordano battaglia piú sanguinosa di quella, che s'ingaggiò su i campi di Borodino; vi piansero i russi morti 30,000 soldati, 40 generali; non si contarono i feriti. Mi sia concesso dilungarmi alquanto nella narrazione di questa battaglia, avvegnaché gl'Italiani nostri la vincessero, e Cosimo Delfante vi operasse prove mirabili. La somma delle cose si era ridotta su certa eminenza coronata da fortini commessi alla difesa del generale Ostermann, e divisa dai Francesi mediante il burrone di Goriskoi. — Augusto Caulincourt, generale, guidando la seconda divisione dei corazzieri, con imperterrito animo si caccia giú del dirupo; fulminato dalle batterie nemiche perde la vita; indietreggiano i suoi. Allora il rialzo parve convertirsi in vulcano: ne uscí prima una tempesta di fuoco, poi i cavalieri russi per calpestare i corazzieri respinti. Mentre in questa parte la fortuna favorisce alle armi di Russia, il principe Eugenio con l'esercito italico investe di fianco il fortino. I Russi capitanati dal general Likaczen sostengono francamente l'assalto. Cosimo Delfante considerando il poco frutto che si ricava da quel trarre di lontano, e l'indugio mortale, dispone avventurare un urto disperato; accennato ai prodi compagni, nulla badando alle schegge striscianti intorno al suo capo, si spinge primo contro il ridotto: all'urto disperato oppongono i Russi disperata resistenza, rifiutano i quartieri, antepongono la morte alla resa; — rimasero tutti miseramente trucidati. — Likaczen, capitano infelice non codardo, sdegnoso di sopravvivere ai suoi, si precipita tra le file italiane cercando la bella morte, e gl'Italiani in quella ebbrezza di sangue cupidi di vendetta gliel'avrebbero data, allorché Delfante gridava: «si rimanessero, volere il russo un duello, e a lui appartenere per diritto». Cosí dicendo lo affronta, e lo disarma. Likaczen, fermo di finire la vita tratta una pistola se la volge alla tempia, e qui pure Cosimo lo trattiene, e confortandolo con animose parole, lo consigliava a vivere e gli rendeva la spada. Il principe Eugenio lo creò aiutante comandante dello stato maggiore sul campo di battaglia, dicendo ad alta voce: «Valoroso Delfante, quest'oggi ti sei comportato da eroe». — Vinta la battaglia di Borodino, Moscua viene in potere dell'armata francese. Fin dove poteva salire la potenza del Fatale è ormai salita, adesso sentirà come siano amari i passi della fuga, come lacrimose le vittorie peggiori delle sconfitte, come duro l'esilio! — Gli storici di questa impresa scrivono che meno sfortunosa sarebbe riuscita la ritirata dove Napoleone avesse preso il sentiero di Kalouga, e di Toula per alla Lituania, e parve che a lui pure piacesse il disegno, e gl'Italiani con gloria eterna vincendo a Malo-Jarolavetz, gli sgombravano i passi, ma o il destino lo accecasse, o meglio di quello possiamo supporre noi prevedesse, ordinò la ritirata a Smolensko. Le sventure della grande armata furono descritte; qualcheduno, che le vide, vive tuttora per raccontarle, e i popoli atterriti conoscono come reggimenti interi abbracciatisi per ischermirsi dal freddo durante la notte fossero contemplati alla mattina vacillare, e cadere senza, che se ne rilevasse pure uno; udirono le genti come gli umani cadaveri servissero a mantenere il fuoco per riscaldare i mal vivi, e questi piegarsi avidissimi su quelle orribili fiamme, e venire al sangue onde ributtarne gli accorrenti, finché spinti sovr'esse mentre studiano fuggire la morte minacciata dal gelo, muoiono miseramente abbruciati: tali e piú tremende sventure ascoltammo, sí che i tormenti dell'inferno di Dante ci parvero fievole immaginazioni a confronto di queste verità. — Il 13 di novembre 1812, l'esercito d'Italia ridotto a 5000 ordinati, e due volte tanti tra donne, infermi per malattia naturale, o per ferite, ed altra gente di ogni maniera, lacerati senza posa ai fianchi, e alle spalle dai cosacchi, giungeva a grande stento su la sponda del Wop; due mesi prima era ruscello, adesso spaventoso torrente, vollero costruirvi un ponte co' legni delle case vicine, ma quelli, che vi si erano riparati, mostrarono contrastarle col ferro; tentarono traghettare i cannoni carreggiandoli su le acque gelate; il ghiaccio si ruppe, cannoni, e cannonieri sprofondando scomparvero per sempre; frattanto il giorno declinava, il freddo si faceva piú intenso, i cosacchi impazienti di strage e di rapina ingrossavano. Gli artiglieri italiani, quantunque presso al morire desiderano rallegrarsi il cuore con una qualche vendetta, e abbandonati i bagagli si ritirano; sopraggiungono le torme dei barbari, stendono le mani alla preda... una traccia di polvere accesa dai nostri artiglieri appicca il fuoco ai cassoni delle munizioni di guerra; — rapitori, e rapine vengono con miserabile eccidio sbalestrati per aria. — Animoso, non utile conforto; nuovi cosacchi piú inferociti di prima tornano all'assalto. — Di su, di giú, come finsero gli antichi cantori dei dannati lungo la sponda dell'Acheronte andavano i nostri per la riva del Wop, ponevano un piede per iscendere e non si attentavano; que' ghiaccioli taglienti, le acque grosse, l'altra sponda, lontana atterrivano i piú forti; in questa le minaccie dei vincitori, e gli urli dei vinti cresceano, e si udiva all'intorno un suono di pianto, un gemere confuso, un invocare, e un imprecare il cielo, un chiedere, e non trovare soccorso, che rifiniva il cuore di acutissimo spasimo. — Il Viceré pensoso non sapeva a qual partito appigliarsi; — leva gli occhi, e guarda fisso Cosimo nostro; questi intende qual cosa gli domandasse il buon principe col guardo, dacché con la voce non osava manifestargliela, si trae il cappello, lo agita in segno di sicurezza, e si lancia nel fiume; molti come lui avventurosi toccarono la riva opposta, molti non la toccarono; — ma senza Cosimo Delfante sarebbero morti tutti.

Mi avvicino a descrivere la morte di questo valoroso. Correva il giorno 15 di novembre, quando il principe Eugenio con alcuni dei suoi si dilungava da una torma di gente disordinata, infelice residuo dell'esercito d'Italia; all'improvviso lo circondano molte migliaia di Russi capitanate dal generale Miloradowitch, e gl'intimano la resa; — la gente, che seguitava Eugenio facendosegli intorno lo scongiurano ad allontanarsi finché n'è tempo, salvasse gli avanzi dell'armata, ella penserebbe di per sé stessa alla sua salute; repugnante, Eugenio abbandona quel pugno di prodi, raggiunge i suoi, ed ingaggia battaglia su i piani di Krasnoie. La colonna dei fuorviati rimasta priva di capo si ordina sotto il tempestare delle palle nemiche, e composta in drappelli serrati dà dentro alle file dei Russi; erano 1500 contro 15 e piú mila nemici; — questi pensando, che volessero deporre le armi, aprono la fronte, e li lasciano entrare; quindi vedendo com'eglino non si disponessero a nessun atto di ossequio li pregano a dimettere ogni tentativo di resistenza; rispondevano combattendo; sdegnosi i Russi li fulminano con tutti i cannoni; meglio di mezzi cadono, gli altri continuano; i Russi sia maraviglia, o terrore non osano toccarli, ed essi orribilmente laceri si riparano entro le linee italiane, le quali gli accolsero con altissime grida di gioia. — Ora i Russi inseguenti l'armata d'Italia appoggiano la destra a un bosco, la sinistra alla strada maestra. Eugenio studiando di sgombrare il cammino oppone la seconda divisione alla sinistra dei Russi, la prima alla destra, nel centro mette la guardia reale, la divisione Pino in riserva, gli sbrancati si celano in certe macchie dietro l'ala destra del generale Pino. — I cavalieri russi dànno la carica; respinti dai nostri composti in battaglione quadrato cominciano a sfolgorare con la mitraglia, e gl'Italiani di tutto manchevoli mal potendo rispondere a que' fuochi, soffrono gravissimi danni. — Eugenio si affanna a provvedere, e spinge la seconda divisione contro il fianco destro del nemico, ma oppressa da un fuoco terribile e da una cavalleria numerosa, si ripiega anch'ella in battaglione quadrato. Rimasta per siffatta maniera scoperta la sinistra della guardia reale, i dragoni di Kargonpoll e di Moscou si sforzano romperla; ributtati aspramente non replicano l'assalto. Il Viceré favellando agli ufficiali circostanti domandava a chi di loro con alquanti de' piú valorosi desse il cuore di procedere lungo la strada maestra, per raccogliere la prima divisione. Si offriva volenteroso Delfante, e seco lui 200 spontanei. Quasi presago esser coteste le sue ultime, operò prove di stupendo valore; lanciandosi con quel drappelletto contro la foga dei cavalieri russi li trattenne, e convertí la battaglia in molti combattimenti a corpo a corpo; ferito nella tempia non si rimosse, né fece sembiante di dolore, o di terrore; continuando la mischia venne di nuovo ferito sul ginocchio, e sebbene la virtú vitale per la perdita del sangue appoco appoco in lui si estinguesse, non pareva che pensasse a posarsi. Un generoso Francese, il signore di Ville-Blanche, vedutolo tutto sanguinoso lo tolse per le braccia, e facendogli forza lo trasse in disparte per fasciargli le piaghe. — Sopraggiunse Eugenio, e chiamatolo a nome lo conforta a darsi coraggio: «Altezza, risponde Cosimo, io mi sento morire, vi raccomando la mia famiglia». — Compiute appena le parole, una palla di cannone gli rompe le spalle, e spicca la testa dal busto al Ville-Blanche. Il viceré si allontanava smarrito, i duecento compagni del nostro eroe morirono tutti, ma prima di cadere, nel sangue dei nemici lo vendicarono. —

Dove giacciono le ossa di Cosimo Delfante, onde se qualche suo patriotto pellegrinasse in quelle remote contrade invochi sopra di loro la pace dei forti? — La pianura di Krasnoie è grande, e va ingombra d'infinite altre ossa; eppure alle sacre reliquie manca, o Italiani, non solo l'onore del sepolcro, ma nessuno tra voi ebbe fin qui anima potente a diffondere su que' campi di gloria la luce del canto.

O Italiani, non amate voi vostri morti? L'inno della lode tacerà dunque pei defunti perché questi non dieno né speranze, né doni? — Sovente però il turpe lusinghiere del vivo null'altro consegue dalla sua viltà tranne una speranza delusa, mentre il celebratore dei morti nel compartirla altrui acquista fama. Pochi furono gl'Italiani scrittori i quali di conveniente elogio placassero le ombre dei nostri defunti, la qual cosa dimostra quanto vada ingombra la mente dei troppi di paura, e di viltà, quanto nei pochi sieno grandi e l'amore, e l'ardire; — benefizio estremo, che la fortuna o il destino concedono alle nazioni cadute di condensare le virtú antiche della massa del popolo in alcuni magnanimi, quasi scelti custodi di un deposito sacro; io poi non sono un magnanimo, ma nel mio cuore arde una fiamma di vita, e non temo con forti accenti rilevare le glorie dei nostri valorosi; — e felice la patria quando la lode dei trapassati non vorrà considerarsi come esperimento d'immaginare arguto, o di ornato scrivere sibbene come ufficio cittadino. — Veramente a noi non dovrebbe esser mestieri l'andare con tanto studio ricercando le geste dei nostri guerrieri se piú fosse stato generoso quel popolo di cui abbracciammo la causa; — sconoscente! ei rifiutò far menzione dei nostri, egli usurpò le nostre glorie: italiano, e non francese fu il soldato il quale mezzo sepolto dalla neve nelle lande di Russia nessun'altro pensiero ebbe presso alla morte se non quello di porre in salvo la stella dei prodi, che acquistò combattendo sul campo di Vagria: popolo sconoscente! dimenticando, che noi col nostro sangue ti acquistammo potenza, e onde meglio ci gravasse il giogo francese pugnammo con mani italiane poiché il Fatale, quantunque nato di questa terra temendo nella nostra libertà il tuo servaggio negò di rompere le antiche catene, tu applaudisti al sussurro poetico di uno tra i tuoi il quale, seguitando i canti del fanciullo Aroldo, come la iena i passi del leone, osò chiamar noi polvere di uomini!. Oh! Aroldo si beava nel sorriso del cielo italiano, e gemé considerando, che cuopriva una terra addolorata, e quel suo gemito ci consolava di un secolo di sventura. — Barbaro straniero, che insulti l'angoscia solenne di un popolo caduto, possano le tue parole tornarti amare su l'anima quanto la maledizione di tuo padre moribondo. — Or non è molto, quasi in ammenda di tanto delitto mosse da quel paese una voce di conforto, e di lode a noi infelici Italiani, ma la piaga fatta dall'orgoglio alla sventura non cosí di leggieri risana. Tenete per voi la lode, e l'oltraggio, noi né quella curiamo, né questo: Il giudizio dei posteri veglia severo su le colpe dei popoli, e noi fidenti ci commettiamo a quel giudizio.

Ora nuovamente mi è dolce volgermi a voi, giovani fratelli: — vedete l'onore italiano come vilipeso! — Sentite qual ne corra bisogno di provvedere alla fama nostra! — una gente, che altra volta chiamammo barbara, come esempio di barbarie ci addita. — Siate grandi! — né mi rispondete: — che giova affannarci? non hai tu scritto, che gli uomini saranno sempre infelici? — Ma io ho scritto ancora, che voi potrete diventare potenti; — e le mie parole erano di dubbio; — assuefatto a dubitare di tutto per fuggire la pena di un sistema, pensate voi ch'io volessi assumere la parte dell'Apostolo del male? — Operiamo magnanimamente, non ci curiamo del fine: — forse l'antico agricoltore non pianterà l'ulivo perché le sue mani non ne raccorranno il frutto? — E forse io lessi male le pagine della storia; — e forse l'affanno in cui andava sepolto il bel fiore dei miei anni giovanili mi fece temere ov'era sicurezza; — chi sono io perché mi crediate come a Profeta? — Non vi sarò compagno nel sepolcro? — Sia adunque con voi anche quella speranza, che la natura doveva avermi compartita; — e dove la pietà dei superstiti, fornito questo terreno pellegrinaggio pel quale ho già stanche le membra, mi credesse degno di una lapide, che mi distingua dal volgo dei morti, possano i figli felici stender la mano su quella lapide, e dire: «Egli ha mentito». Essi però non oltraggino la mia polvere, perché se il decreto di mutare quelli, ch'io riputava destini si fosse dovuto scrivere col sangue, io avrei dato il sangue, e del piú puro del mio cuore — e se a me, come a loro fossero corsi favorevoli i tempi, avrei forse agli antichi canti di questa nostra terra aggiunto nuove melodie, e la gioia avrebbe afforzato l'ale dell'alta fantasia, mentre ora di giorno in giorno s'illanguidisce nell'amarezza, e nel dolore.

ROMAGNA

Quando ideammo la Giovane Italia, le sorti della Romagna pendevano incerte. La nota presentata alla segreteria di stato di Gregorio XVI, la sera del 21 maggio 1831 assicurava agli stati pontificii riforme che costituissero un'era affatto nuova e felice. — La corte romana dava invece illusioni e frodi, o minaccie. Ma le popolazioni forti del loro dritto, e d'una promessa europea avevano assunta una attitudine energica e deliberata, che avrebbe fruttato un miglioramento qualunque, se l'intervento d'una forza brutale non avesse troncato a mezzo le speranze autorizzate dalla diplomazia. — Il popolo dall'impeto d'una rivoluzione caduta era passato ad una opposizione parziale che non varcava i confini di ciò che i gabinetti chiamano legalità. Il Papa esauriva tutte l'arti d'una politica perfida per suscitarlo a moti dichiaratamente rivoluzionarii. — Ma il popolo s'avvedeva dell'inganno e non si dipartiva da un sistema d'azione lenta e pacifica, ch'escludeva ogni intervento straniero.

Allora, noi avevamo in animo d'esporre in un quadro esatto la condizione di Bologna e della Romagna: i diritti che la espressione del voto comune avea posti in luce: le inchieste fatte, e non contrastate: e le vie che rimanevano alle potenze perché la rivoluzione inevitabile un dí o l'altro scoppiasse meno sanguinosa e irritata dalla intolleranza d'una parte e dalla impazienza dell'altra.

Era un tributo che si pagava per noi ad una illusione di giustizia politica, che non esisteva se non nell'anime nostre. Guardando alla importanza della questione che s'agitava, guardando all'utile che sgorgava innegabilmente da un sistema di concessioni progressive, unico sistema che valesse a indurre una pace che i governi invocavano primi, guardando ai patti giurati, alla promessa sancita da una conferenza di ministri europei, ai principii banditi da una nazione grande a un tempo ed avida di tenere il primato della civiltà, noi cedevamo ad una speranza, ad una lusinga che non fosse spenta ogni generosità nei popoli. — E però il linguaggio nostro era volto ad ammaestrarli delle condizioni nelle quali era posta una gente insorta per eccesso di tirannide, caduta in fondo per troppa credulità, schernita da quei medesimi, che l'avevano accarezzata di lusinghe mortali. — Ci travolgeva un errore; e ne abbiamo rimorso; però che siamo a tale di sventura e d'esperienza nel passato che oggimai ogni errore è delitto. Questo errore noi lo scontammo amaramente; e il grido dei nostri fratelli scannati nel nome di Cristo dai soldati del pontefice a Ravenna, a Cesena, a Forlí, ci suona tremendo all'orecchio come un rimprovero. — La diplomazia europea non vide nei reclami legittimi d'un popolo mille volte deluso che un pretesto all'intervento straniero. Le baionette tedesche ci recarono solenne risposta. — Quattro potenze dichiararono nulle e intaccate di ribellione le pretese, ch'esse alcuni mesi prima aveano dichiarate giuste e fondate. Quattro potenze diffusero colle loro minaccie il terrore sovra una moltitudine inerme, incerta e divisa — poi, quando lo stupore ebbe spento anche quel poco entusiasmo suscitato da una contesa civile — quando l'oro ebbe stillata la seduzione ne' ranghi dei cittadini — quando il mutamento improvviso ebbe scemata colla differenza delle opinioni la forza della concordia — le potenze diedero il segnale, e dissero alle bande romane: ferite il cadavere. — Quattro mila soldati del pontefice s'affacciarono da un lato, dodici mila tedeschi dall'altro. — I nostri erano 1603!

Cosí doveva essere. — Maledetto colui, che fida in altri che in se medesimo!

Noi lacerammo lo scritto. — Ogni sillaba ci pesava sull'anima come una condanna — e da tutto quel cumulo di conghietture, da quelle parole di pace, da quella luce di speranza vilmente concetta, e stoltamente nudrita, sorgeva un grido: guai a chi si commette alla fede dello straniero! le illusioni della vittoria si convertono per lui in derisioni d'inferno: i frutti ch'egli immaginava cogliere colle altrui mani, si tramutano in cenere, come i frutti del lago Asfaltide. Oh! non impareremo mai nulla dalle nostre sciagure? Non impareremo mai, che lo schiavo non ha per sé e che il proprio braccio, e il proprio diritto? Noi calchiamo una terra la cui polvere è polvere d'uomini venduti dallo straniero. Non v'è pietra di tomba, non v'è rovina di monumento che non ci parli una delusione, che non c'insegni un tradimento de' potenti che ci sedussero alla confidenza per coglierci alla sprovveduta. E non faremo senno mai della lunga vicenda?

Noi lacerammo lo scritto — però che non avevamo mestieri di snudare agli oppressori la infamia loro, né volevamo levar la voce a giustificarci della sommessione apparente. Le infamie sono palesi, e la vera giustificazione d'un popolo oppresso è quella, che si scrive col sangue degli oppressori. Né maledizione, né gemito. — Poi che non abbiamo saputo maturare il tempo della vendetta, soffriamo in silenzio: stiamo soli colla nostra rabbia: pasciamoci di furore muto: non lo sperdiamo in lamenti, che nulla fruttano — è tesoro, che dobbiamo custodire gelosamente — beviamo tutto il calice amaro: forse un giorno, quando avremo esaurite l'ultime stille, frangeremo quel calice.

Perché, a chi rivolgerci? — ai governi? cos'è per essi il gemito d'una gente tradita? Son cinque e piú secoli, ch'essi trafficano di noi come i mercanti de' poveri negri. Son cinque e piú secoli, ch'essi non guardano in noi che come in materia di negoziati e di protocolli. — Alle nazioni? — le nazioni stanno pei forti — e noi non lo siamo: le nazioni non hanno finora simpatia per la sciagura, ma per l'attitudine dello sciagurato, scendono nell'arena talvolta a soccorrere al gladiatore morente senza batter palpebra — e noi finora — convien dirlo e arrossire — abbiamo levata la mano prima di averla adoperata sul nemico. — Da esse ci verrà forse un compianto sterile e breve. Che giova il compianto? Hanno pianto anche sulla Polonia. Hanno pianto, mentre un ministro d'un popolo libero ne decretava la perdita come pegno di pace. Ma quel pianto ha forse risparmiata una goccia sola del sangue dei prodi? Quel pianto ha forse fecondata di nuovi difensori la polvere, dove cadevano i primi? — Lasciate star quella polvere! non agitate il lenzuolo de' morti! — Possono esse le vostre lagrime rianimare il cadavere?

Un giorno, quando convinti della onnipotenza d'un popolo che vuole rigenerarsi davvero, noi ci saremo levati di dosso la vergogna e l'oltraggio, alzeremo la voce, e narreremo a' popoli, che allora ci stenderanno la mano, l'arti adoprate del tedesco voglioso d'un nuovo dominio, per trascinarci a insurrezioni brevi, e non concertate — e l'armi somministrate perfidamente, poche per la difesa, tante da invogliare gl'incauti ad osare — e l'oro diffuso a promuovere le divisioni tra le guardie civiche e le moltitudini — e le proteste di pace fatte ad illuderci, e illudere un popolo vicino, mentre un proclama pubblico imponeva la mossa alle truppe straniere — poi le predicazioni furibonde de' preti che rinnegano ogni santità di ministero: le calunnie versate nell'orecchio delle ignare popolazioni: le stragi commesse sopra gente inerme, e tranquilla, preparate con astuzia, e bassamente scolpate. — Quel giorno, verrà, però che nessuna forza può far retrocedere il secolo, e i delitti di sangue si scontano nel sangue — e allora noi potremo narrar queste cose, e documentare la storia delle nostre sventure, senza astio, senz'odio, senza rancore per la inerzia delle nazioni, perché noi vagheggiamo da lungi la fratellanza europea, e serbiamo dentro tanta potenza d'amore da affogarvi molti secoli di memorie. Ma ora, fresche ancora le piaghe, calde le ceneri dei caduti a Forlí, noi non potremmo rivolgere la parola allo straniero, senza che un alito d'ira la facesse amara, e sdegnosa, senza che un fremito di deluso vi scorresse dentro a convertirla in suono di maledizione. Però, abbiamo risolto tacere per tutti, intorno agli ultimi eventi — per tutti, fuorché pe' nostri.

E ai nostri, traviati sovente ne' loro giudizi dalle menzogne, che i governi italiani astutamente diffondono, gioverà ridire, come dagli ultimi fatti della Romagna debbano trarre conforto a sperare ed osare, anziché scoraggiamento, o terrore. Gioverà convincerli, che gli ultimi fatti travisati da' nostri padroni a trarne un tentativo di rivoluzione assoluta, per millantare d'averla vinta una seconda volta non furono in sostanza che conseguenze d'una discussione municipale, d'una questione piú civile, che politica, questione che né si doveva né si volle sostenere coll'armi dalle moltitudini, però che la Romagna contempla, anzi i fati italiani che i propri! — e non pertanto quel pugno di giovani, raccolto in armi, subitamente assalito, era tale, che i pontificii disperavano vincerlo, se non lo atterrivano colla minaccia di quattro nazioni, e colla mossa dell'Austriaco. Gioverà mostrar loro i due vantaggi che sgorgano da que' fatti, il primo riposto nella coscienza che ogni italiano può trarre dalla lotta durata dalle legazioni contro la oppressione papale; della unione universale in un solo voto di libertà; l'altro, che deriva dalla complicazione delle differenze che regnano tra gabinetti, aumentata dalla nuova occupazione tedesca e in oggi dalla francese. — E noi ne parleremo forse distesamente nel secondo fascicolo della Giovine Italia, dacché in questo non possiamo per l'angustia dello spazio.

Ma i nostri concittadini della Romagna veglino da forti, e accolgano la voce de' loro fratelli, che noi qui esprimiamo: vegliate, ed unitevi: ritemprate il vincolo dalla concordia nel servaggio comune: non vi lasciate sedurre a divisioni fatali da vanità meschine, da rancori di municipio. Strignetevi nella comunione della sventura: santificatevi nel pensiero della vendetta; però che la vendetta della patria è santa di religione, e di solenne dovere. E sopratutto non fidate nello straniero. Non fidate nello straniero, che vi reca speranze nuove, poiché v'ha travolto nel precipizio: ritrarre il ferro dalla ferita, poiché s'è immerso fino all'elsa, muta forse il feritore in proteggitore? Non, fidate nello straniero, che oggi sommoverà i soldati del pontefice a trucidarvi per ottener vanto il domani d'averli frenati, o puniti. Non vi lasciate sedurre da quell'arti: non vi lasciate adescare da quel finto sorriso. È il sorriso dell'assassino sulla sua vittima. Ricordatevi dei vostri padri. Ricordatevi che quei ferri, ch'ora s'ostenta di stendere a serbare intatto l'ordine pubblico, e a tutela degl'individui, hanno tal macchia di sangue fraterno, che veglia fra il tedesco, e voi, come un decreto di Dio tra l'innocente e lo scellerato. — Curvate la testa, poiché i fati lo vogliono, sotto il giogo abborrito; ma frementi, vivi nell'odio, e col sospiro a quel giorno, che darà moto in Italia al grido d'Unione, d'Indipendenza, e di Libertà.

Un Italiano.

P.S. — La occupazione francese, accaduta dopo scritto l'articolo, complica gravemente la questione politica: la complica di tanto, che forse a sciorla non varrà che la spada. E non pertanto noi non vogliamo cancellare parole dall'ultime linee dello scritto. L'Arti diplomatiche, e le paure de' gabinetti possono rimovere momentaneamente le nuove speranze. Nuove combinazioni possono differire lo scoppio degli odi celati, e giova, non obbliare come il ministero Perier è il ministero della pace à tout prix, e come la esistenza sua è stretta a questa pace, mercata finora l'Europa sa come. Chi decise la occupazione, commise un errore contro il proprio sistema; le conseguenze possono uscirne prepotenti, ed irreparabili; ma gl'Italiani, noi lo ripetiamo, hanno a fidare in sé, non in altri.

**UN CENNO AD ONORE DELL'ESTINTO PIETRO COLLETTA,
BENEMERITO ITALIANO, GIA' TENENTE-GENERALE, E MINISTRO
DELLA GUERRA A NAPOLI, NEL 1821.**

Naturæ clamat ab ipso vox tumulo.

Ciascun giorno che si perde fra gl'immensi spazi del tempo, è per l'Italia cinto di funereo lume; ciascuna contrada di quella miseranda terra vede biancheggiare le ossa d'immensi martiri sacrificati all'onnipotenza di un dispotismo contro del quale alzarono la voce, ed osarono proclamare il diritto degli uomini: tutta la penisola che dall'Alpi al mare siciliano si estende sembra un vasto sepolcro, ove tra i gemiti de' traditi, e l'aggirarsi d'ombre squallide, tremenda s'innalza la tirannide de' principi e de' sacerdoti, e degli stranieri. — Da ogni regione Italiana sorge eziandio un grido lugubre che chiede vendetta pel fiore de' suoi figli caduti sotto la scure, o spenti fra ceppi, o finiti in doloroso esilio, pel solo delitto di avere amato la patria...; o se qualche generoso, accostando la mano alle tombe di quei trapassati osasse rimuoverne le ceneri, udrebbe un sol fremito dai monti al mare, ascolterebbe da ogni avello invocar la vendetta, — imperocché vendetta chiedono quei che caddero nelle provincie napolitane, e piemontesi, per aver dato fede alla parola dei Re, ed innalzati al sommo impero due principi nutriti nel lezzo delle corti, e noti in Europa per la sola infamia del tradimento: vendetta parimenti dimandano coloro che un ministro di pace, mutato in carnefice di oltremontano sire, spegneva sullo rive del Tevere, e nell'ubertosa Romagna: — vendetta, fu l'ultima voce de' morenti di Modena e di Sicilia: e vendetta infine invoca la spoglia di Pietro Colletta, già consunta per tiranniche persecuzioni, — e del quale alla memoria io discorro breve cenno; e il discorso, non pur depositato sul suo tumulo come fiore che abbellisce le urne degli schiavi, — ma qual pegno di animo libero ad uomo libero tributato, ma quale invito a futuro riscatto.

Nella città di Napoli, di Antonio, avvocato, e Maddalena Minervino, nacque Pietro Colletta, nel 1780: ad una vivacissima infanzia tenne dietro un'ingegnosa giovinezza, passata fra i profondi studi della scuola militare di quella capitale: e quando la patria salutò l'aurora di una repubblica (che si spense quasi sul meriggio) pria l'annoverarono i patrioti fra le loro fila come officiale d'artiglieria, — e poscia l'ebbero a compagno della proscrizione che una corte sleale fulminava, ad onta de' patti giurati e garantiti dai rappresentanti delle prime potenze d'Europa: — indi, mutatesi le fortune ed i tempi, e cacciati i Borboni nell'ultima Sicilia dalla spada di Bonaparte, perveniva il Colletta ai sommi onori civili e militari, e vi perveniva non senza fama d'intelligente amministratore e di sagace militare. — Nominato Intendente nelle Calabrie, Consigliere di Stato, Tenente-generale dello scientifico Corpo del genio, e Direttore generale di ponti-e-strade; mostrossi sempre, qual era stato nella modesta giovinezza, cioè,

38

affettuoso con gli amici e coi propinqui, amorosissimo della patria, e protettore de' talenti. — Cadute poi l'armi dei Francesi, — e ritornati i Borboni a ricalcare i troni abbandonati per viltà, e riottenuti per opera straniera, disponevasi il Colletta a girsene in volontario esilio, sapendosi quanta e quale fosse la fede de' reali di Napoli; ma non glielo permettevano quei principi, che allora fingevano vezzeggiare i liberali, — che anzi il destinavano al comando della divisione territoriale di Salerno. — Assumeva quell'impegno il Colletta, e con franchi accenti consigliava il ministero di secondare il voto de' popoli che già chiaro appariva per ottenere una Costituzione tante volte promessa dall'esule Ferdinando; e poiché quei consigli non spiacevano ai ministri (o almeno il dicevano), riteneva il comando, e sperava di essere un giorno veramente utile alla patria; ma quando ritornavasi a quella ferocia, ch'è il primo attributo dei Borboni, ed esigevansi persecuzioni e rigori da ogni capo-politico o militare contra i liberali, pria che contaminarsi e prestarsi ai voleri del dispotismo, deponeva ogni pubblica cura, e ritornava alla vita privata per continuare placidi studi che gli dovevano essere un giorno di conforto nell'esilio.

Pacifico e ritirato egli se ne viveva dunque, quando si appressarono i nembi; — né cariche occupava, allorché udissi l'accento della rigenerazione sulla vetta di Monteforte — accento al quale risposero tutte le provincie del regno, — e che fu poscia ripetuto su i santi evangeli da un re, sulla tomba del quale pesa la maledizione de' popoli, e 'l giudizio della Storia. — Infranto in quella guisa il dispotismo, ricomparivano i benemeriti cittadini ai pubblici ufficii, e con essi riedeva il Colletta al Corpo del genio; indi ne andava Comandante supremo delle armi nella Sicilia, e finalmente sul finir del gennaio veniva chiamato al ministero della guerra; — né in tutti quegl'impieghi esercitati, smentiva le antecedenti pruove date alla patria; — soltanto era anch'esso aggirato nella cabala che il Principe-Vicario ordí onde ingannare un popolo, il quale fidente ed ingenuo, erasi abbandonato nelle sue mani, e che tardi comprese quanta simulazione e perfidia allignasse nel cuore de' Borboni.

Mancate le promesse, — calpestati i giuramenti col sussidio del Capo della chiesa, e ritornato il Re colle austriache bandiere, dilettavasi il Principe-Vicario di scoprire al truce Canosa quei che credendo nella sua lealtà, i veri sentimenti di patriottismo gli aveano svelati; — né fra coloro fu risparmiato il Colletta: egli era reo di amare la patria: il principe adunque lo designava a Canosa, — e quel sicario della legittimità lo condannava senza verun processo, pria alla prigionia di sette mesi, e poscia ad un perpetuo esilio nella gelida Moravia: in vano un cadente genitore reclamava il figlio, — in vano i fratelli chiedevano, che davanti ai giudici si esponessero le sue colpe, — tutto fu negato; — ei partí per la Moravia, ed ivi rimase due anni ad attingervi il germe di quel funesto morbo che il trasse a morte. — Deposto egli dunque nell'esilio ogni pubblico pensiero, volgeva sovente lo sguardo alla patria desolata, e desiava darle l'unico conforto che rimane all'esule, — quello di scrivere i suoi mali; — e questo pensiero mandava ad effetto, allorché, stabilitosi nella gentile Firenze, addicevasi a scrivere le Napoletane Storie dai tempi di Carlo III fino ai nostri giorni, e per fortuna dell'Italia compiva il lavoro pria di morire: e noi diciamo per fortuna, poiché in esse sono registrate le pagine fedeli delle turpitudini e de' delitti consumati dai re e dai sacerdoti pel giro di 50 e più anni. — Questo lavoro, che tanti affetti destava nello scrittore, — che tante memorie richiamava al travagliato suo animo, consumava il di lui corpo, e già sin dall'anno 1829, ei mostrava nelle sparute gote non lontano il suo fine: allorché le fasi del 1830, e le persecuzioni del Governo Toscano che di nuovo esilio il minacciava, accrescevano le sue sofferenze, e quasi a spettro vivente lo riducevano, ed ei trascinavasi appena nel cammino della vita, quando in sull'alba del 12 novembre 1831, compivasi la sua carriera, e spirava col pensiero alla patria, agli amici, — ai congiunti.

Udivasi allora un sol gemito fra la gioventú Toscana, che a loro padre l'aveano: coprivansi di mestizia i volti de' dotti, che loro socio l'ebbero nelle letterarie ricerche; ne ripeteva la fama il merito e la perdita, — gareggiavano Pisa e Livorno per accordare alla sua memoria, i funebri onori: ciascun Italiano affrettavasi di offrire un tributo alla virtú perseguitata: e un amico ancora (il generoso Capponi, che nominiamo ad onore), offriva la tomba de' suoi padri, e raccoglieva i resti inanimati di un chiarissimo uomo, — d'un virtuoso cittadino, — e di un vero Italiano. In ogni contrada dunque della piú colta provincia italiana compiangevasi il termine immaturo dell'illustre esule; ogni cuor generoso ne sentiva l'affanno: — solo i despoti sorridevano: — e mentre l'ipocrita governo Toscano instruiva un processo contro l'immensa gioventú intervenuta ai funerali, rallegravasi la corte di Napoli, lusingandosi entrambi, cioè, l'uno che le sue mascherate prepotenze, non si scoprissero, — sperando l'altra che la Storia non divenisse di pubblica ragione, tanta ignavia per loro e pei discendenti vi ravvisano. — Ma, noi proscritti, — nel giurar la vendetta de' nostri perduti fratelli, e nel pronunziare la lode sul loro sepolcro, smascheriamo l'ipocrisia del dolcissimo imperare Austro-Toscano, ed imploriamo nel tempo stesso dagli amici dell'estinto Colletta la pubblicazione di una Storia, nella quale stanno scritte a carattere indelebile le note infami de' nostri re; e noi erranti senza patria, traditi, venduti, lo dobbiamo all'Italia, avida di conoscere le nequizie de' potenti che la opprimono; — lo dobbiamo infine allo stesso Colletta, — ai suoi sofferti travagli, — al suo cenere, che un giorno commisto a quello di tutt'i martiri poseremo sull'altare della patria, ed all'ombra di quel vessillo tricolore che dovrà sventolare un giorno dall'Alpi all'Etna, ed innalzarsi glorioso sulle ruine degli scettri, de' troni, delle tiare e delle corone.

Gio. La Cecilia.

LA VOCE DELLA VERITÀ

Un giornale, pubblicato in Modena, intitolato la Voce della Verità, conteneva in data de'
17 gennaio, nel numero 70, un articolo, del quale ci piace riferire alcuni brani.

L'articolo incomincia con queste parole:

Un'empia associazione s'è formata in Marsiglia del rifiuto e della feccia degli emigrati
italiani, la quale impudentemente si dà il titolo di Giovine Italia. Essa non accetta nel
suo novero, che quelli i quali son nati entro il secolo corrente... ond'esser certa che il
fuoco della gioventú spinta alle colpe dall'esempio e dai dommi di una età corrotta e
corrompitrice, non sia frenato da una esperienza di disinganno. Essa ha per primo scopo
quello di non risparmiare spesa alcuna e pericolo personale per portare di nuovo in Italia
il fuoco della discordia, e della rivoluzione; essa ha per secondo quello di pubblicare un
giornale e diffonderlo nella nostra bella Penisola, il quale serva alla Propaganda
Infernale, e susciti di nuovo alla rivolta ed al sangue...

Noi compiangiamo la rovina ch'essi vogliono trarre sul loro capo e sull'altrui. Intanto
rendiamo pubblica questa infame intrapresa, perché si sappia che la Voce della Verità
raccoglie il guanto, che costoro gettano all'Italia, e che combatterà le inique loro
dottrine. Entrino essi nel campo: noi stiamo mantenitori della lizza. Operino essi in
segreto; noi in pieno sole, e con alzata visiera.

L'articolo cita i nomi de' pretesi capi dell'intrapresa — e tra questi il nome di chi scrive
queste linee.

Noi non avremmo insozzate le nostre pagine ricopiando coteste infamie, se non ci fosse
sembrato di rinvenire in esse la migliore testimonianza delle nostre intenzioni, e del
nostro dritto. Due gioje concesse Iddio agli uomini liberi sulla terra: il plauso de' buoni,
e la bestemmia de' tristi — e quando noi sacrammo anima, vita e braccio alla patria,
guardammo davanti a noi, né curammo di voci che si levassero dal fango a insultarci, o
di pericoli che ci venissero da' nemici alle spalle. Giurammo a noi stessi silenzio — e
non moveremo parola d'ora innanzi contro le mille accuse, e basse calunnie che ci
lancieranno dietro que' vili, la cui penna, come il corpo della meretrice, si vende a chi
piú la compra. Tra noi ed essi la lizza è troppo ineguale; né gli uomini liberi s'hanno ad
avvilire scendendo a discutere coi carnefici. — Bensí, prima di procedere sulla via,

giova forse rompere una volta almeno il silenzio, ond'altri non lo interpreti siccome paura. E d'altra parte, chi può vedersi davanti la impudenza villana, e non maledirla? — Chi può passare dappresso al calunniatore coperto, e non dirgli: tu se' noto: rimanti infame e per sempre dinanzi agli uomini, e a Dio?

Uomini del Canosa, e del Duca! — non v'illudete. Non tentate ridurre ne' confini angusti d'una associazione segreta, d'un consorzio privato il voto universale in Italia contro di voi — contro la tirannide, che promovete — contro i delitti co' quali la puntellate. Non impicciolite lo spirito di progresso, che vi minaccia, attribuendolo a pochi individui. Il decreto della vostra rovina vien d'alto: vien dal secolo, che v'incalza, vi preme, vi mina per ogni lato: viene dall'intelletto, che ogni anno sviluppa, commove, suscita contro le vostre teoriche di sommessione abbietta, e d'ineguaglianza: viene dall'odio alla tirannide ch'esercitate tremenda contro ogni classe, che ponete a luce deforme in ogni atto della vostra vita, che non tentate velare neppure colle cure date alla prosperità materiale de' vostri sudditi. Quante sono le vostre vittime? quante sono le famiglie che gemono sul destino d'un caro proscritto? quante sono le madri, che balzano ne' sogni davanti alla sembianza d'un figlio prigioniero, o spento per voi? quanti sono i volti, che impallidiscono d'ira repressa al vedervi? — Numerate que' volti, quelle madri, quelle famiglie; perché ognuno di que' volti vi rivela un nemico, ognuna di quelle madri vi scaglia un anatema, ognuna di quelle famiglie è un centro di congiura contro di voi. Avete sagrificata la virtú, che v'era rimprovero, negletto o perseguitato il merito, che paventavate nemico, usurpato il frutto de' suoi sudori all'agricoltore colle dogane, co' dazi, colle ruberie de' processi — e cercate la espressione de' pericoli, che v'accerchiano in una forma di fratellanza? — Avete manomessa l'opera della creazione, avete travolta nel fango la immagine di Dio, avete convertito in casa di pianto il giardino della natura, punita la parola, inceppato il core ne' suoi moti, tormentato il pensiero — e vi perdete a dissotterrare i vostri nemici all'estero — e proferite tre nomi?

Uomini di Canosa, e del Duca! — Napoleone ha segnata a Sant'Elena la vostra sentenza — e chi siete voi per durare tiranni dopo Napoleone? Il gigante de' secoli è caduto davanti all'urto della opinione — e voi vorreste reggervi in faccia ad essa? — voi, forti soltanto della nostra discordia? — E seguite — struggete — mozzate alcune teste di martiri: rinasceranno a migliaia — spegnete i forti d'una città — verranno dall'altre — ardete le case: edificatevi un trono sulle rovine: regnate sovra deserti. — Oh! non v'è Dio? — non v'è il rimorso? — non lo sentite? — non lo vedete simboleggiato fin nei volti di satellite che v'errano attorno? — e quando, la notte, fra i sospetti delle tenebre, fra i terrori del silenzio, ricorrete al passato, o v'affacciate al futuro, — oh! dite, dite — non intravvedete voi il rimorso? l'ultima visione del passato, e la prima dell'avvenire non è forse la immagine del tempo, che vi numera l'ore?

Là, dovete rivolgere le vostre forze. Là — ne' vostri delitti, e nel tempo che premia, e punisce, è la Giovine Italia, che voi temete!

Da quaranta anni voi combattete questi uomini liberi, che affettate di disprezzare. — Da quaranta anni avete lanciato lo spionaggio, la baionetta straniera, il carnefice contro questa che voi chiamate fazione, setta, congrega di pochi iniqui, feccia e rifiuto degli uomini — avete troncate le fila presunte — avete immolati i piú ardenti tra essi — e v'è forza ricominciare ad ogni ora — e v'è forza confessare che perdete terreno: che i ribelli aumentano ogni dí piú: che l'epoca è corrotta, e corrompitrice. Dieci anni addietro, cinque anni addietro l'Europa era vostra: ed ora avete perduto il Belgio, minacciato il Portogallo, la Germania, l'Italia. — E compiangete la nostra rovina? — Oh! tenete il compianto per quella dinastia in oggi errante in cerca d'asilo, sulla quale fondavate tutte le vostre speranze. — Abbiate almeno la ferocia del leone ne' suoi ultimi momenti, poiché la generosità non potete. — Mostratevi a nudo, mostratevi con tutto il furore che v'agita, con tutta la sete di strage, che vi governa. Ma non versate calunnie, alle quali nessuno dà fede: non ritorcete in noi, in noi caduti finora per dare al mondo lo spettacolo delle rivoluzioni come noi le avevamo concetto, pure, innocenti, pacifiche, l'accusa di delitto, e di sangue. Sangue! — Assassini di chi v'ha salva la vita, il sangue d'Andreoli, di Borelli, e di Menotti v'affoga!

Noi trascorriamo — e sarà l'unica volta — in un linguaggio che non è il nostro; ma il sangue si precipita nelle vene all'udire coteste accuse, al pensare in che mani è caduta la nostra Italia. Oh! l'anima nostra era un sorriso per tutte le creature: — la vita s'affacciava alla vergine fantasia come un sogno d'amore; e i moti piú concitati del nostro cuore erano per la bella natura, per la donna, ideata ne' primi anni giovenili, pel genio de' grandi trapassati. — Chi ci ha messa la parola dell'ira sul labbro, se non essi, gli oppressori delle nostre contrade, i tormentatori de' nostri fratelli? — Chi ci ha rapita la metà della esistenza, chi, se non essi, ci ha stillato l'odio nell'anima? — L'odio! ci è tale incarco, che vorremmo deporlo, anche colla vita, se fosse nostra. Ma le teste de' nostri fratelli ci stanno innanzi sanguinose, e l'ultime voci loro ci affidavano un tale deposito, che nessuno può rinnegare senza delitto.

Ed oggi che noi alziamo la voce, in nome di tutti, oggi che noi tentiamo pagare parte almeno del nostro debito, gli scrittori della Voce della Verità ci accusano di operare in segreto, e millantano di combatterci a visiera levata. — A visiera levata! Sí; colle baionette d'intorno, e il carnefice a fianco. — A visiera levata! — e chi s'attentasse di serbare in Italia alcuna, di queste pagine, sconterebbe l'errore con una vita di dolore. — A visiera levata! — Oh! noi l'alzammo la visiera: noi ci levammo davanti a voi nella potenza della virtú, e della fede: ci levammo grandi di amore, e di confidenza delle moltitudini, che c'intendevano — e i troni, le tirannidi, e voi sfumaste al nostro grido, però ch'esso era il grido dei milioni conculcati, il grido di Dio che v'avvertiva dell'iniquità vostra — e fuggiste vilmente — e mendicaste la spada straniera a rifarvi il trono, che soli eravate impotenti a reggere; ma noi abbiamo, poich'altro non potevamo, suggellata la nostra fede sul palco: abbiamo sagrificati gli affetti che fanno cara la vita al pensiero che Dio c'impose — ed oggi, proscritti, innalziamo la nostra voce — e segniamo — e voi — voi vi ravvolgete nel velo dell'anonimo!

Mazzini.

Quando la rivoluzione di Luglio diede speranza agli uomini buoni, che il tempo fosse giunto in cui ogni cittadino chiamato ad esercitare una parte di sovranità, è in obbligo di contribuire co' lumi, col braccio, e col senno allo sviluppo progressivo d'un sistema di libertà, e alla educazione nazionale, alcune riunioni si formarono a Parigi, ed altrove, che a poco a poco acquistarono carattere di Società popolari. Erano unioni d'uomini giovani, che s'erano da gran tempo affratellati nella comunione degli studi, dell'amicizia, e delle operazioni. Avevano cospirato insieme contro la tirannide di Carlo X, dal momento in cui s'erano avveduti della impossibilità di transigere, e che a rovesciare la forza non valea che la forza. Avevano combattuto insieme nelle tre giornate, quando Parigi non avea che un grido, e la bandiera tricolore risuscitava le glorie della rivoluzione. Ottenuta la vittoria, il primo loro pensiero fu quello di custodirla, e vegliarne i frutti; e bagnati ancora di sangue, bruni di polvere e di fumo si costituirono di mezzo alle barricate, trono popolare, amici, ed educatori del popolo. Certo: il loro mandato non era meno valido di quello che allegavano a impadronirsi della rivoluzione gli uomini d'una camera eletta prima, che la nazione avesse ritirato il mandato, e risolto di far da sé: formata sotto la influenza del potere caduto, votata da Collegi elettorali sedotti dalle trame ministeriali, o atterriti dalle baionette, giusta leggi coniate della dinastia fuggitiva. Quello degli amici del popolo era mandato segnato col sangue del popolo e il popolo un dí o l'altro se ne sovverrà.

In diritto, la riunione d'un certo numero di cittadini ad oggetto di discutere i mezzi migliori per provvedere al buono stato della nazione, non è delitto. Sotto l'impero d'una costituzione, che accorda ad ogni cittadino il diritto di pubblicare le proprie opinioni, la soppressione delle società pubbliche è, in tesi generale, una illegalità. La stampa non è che una forma di pubblicazione: la parola costituisce l'altro. Or chi direbbe la parola dover essere piú serva della stampa? e donde trarre ragione di differenza in faccia alla legge tra una società che parla, e una società che stampa?

Per noi, il principio d'un governo libero è uno, le applicazioni sono moltiplici. Il diritto individuale si stende, socialmente parlando, fin dove incomincia il diritto altrui. I diritti politici de' cittadini si stendono fin dove incomincia una violazione de' diritti politici d'altri cittadini, una perturbazione nell'ordine pubblico. Se una forza sottentra a interporsi fra questi due termini, prima che siano giunti a un contatto di collisione, non v'è libertà. La possibilità che da siffatte riunioni insorgano quando che sia inconvenienti, non basta a discioglierle. Il principio di prevenzione, logicamente applicato, e dedotto con tutte le sue conseguenze, trascinerebbe con sé il diritto di sospendere ogni libertà pubblica, o individuale, senza motivo. Adottate il principio nella sua estensione: voi precipitate nell'assurdo. Ritenetelo in certi confini, e vietatelo in altri: eccovi ricaduto nell'arbitrio; voi confidate un potere indeterminato al potere esecutivo: voi lasciate ad esso la scelta de' casi ne' quali conviene usarne; chi v'assicura della sapienza dell'uso? Il governo sopprimerà in oggi una società, pericolosa davvero; chi vieterà che domani i suoi satelliti non ne sciolgano una innocente, e virtuosa? — La giustizia, in uno stato ordinato con leggi stabili, non previene, reprime. La riunione pone in pericolo la cosa pubblica? o commette azioni dichiarate colpevoli? — Punite le azioni: vegliate la condotta di que' cittadini: intervenite, pacificamente quando vi pare ch'essi stiano presso a traviare: convinceteli cogli stessi mezzi di pubblicità. Fino a quel punto, stanno per voi diritti, e doveri. Piú oltre d'un passo, sta la tirannide. In fatto, la Società degli Amici del Popolo, non pose, sembra, in pericolo la cosa pubblica, né commise azioni colpevoli in faccia alla legge, dacché la legge non la colpí. Disciolta violentemente dal governo, appoggiato sopra una disposizione legislativa pugnante coll'insieme dei diritti sanciti dalla rivoluzione, e riprovata da' suoi organi stessi dinanzi alle Camere, la Società si giovò dell'altro mezzo di pubblicità a esporre i suoi pensieri alla Francia: cotesti scritti sono appunto quei che hanno dato moto al giudizio, dalla cui discussione è tratto il discorso, che noi qui pubblichiamo; e questi furono dichiarati innocenti; la condanna severa pronunciata contro alcuni degli accusati, è desunta dalle difese parlate all'Udienza, non dagli scritti citati in causa. Le opinioni, e gl'insegnamenti della Società non erano dunque tali, che la legge, anziché proteggerne l'espressione, dovesse punirla. La condotta del Governo, sciogliendo la Società, fu dunque illegale.

Comunque, la Società fu disciolta. Gli Amici del Popolo hanno credenza repubblicana; e que' molti, che confondono ancora la repubblica colla scure del terrore, senza avvedersi che il terrore non fu se non conseguenza della guerra, mossa alla Francia da' nemici della repubblica, plaudirono al governo. Bensí la opinione traviata dalle calunnie insinuate contr'essi, s'è corretta di molto dopo il processo, finito pochi giorni addietro. I quindici repubblicani tradotti in giudizio, stettero davanti a' loro giudici, come accusatori, anziché come colpevoli. Trelat, Raspail, Thouret, Blanqui, e gli altri esposero candidamente il loro simbolo, le loro teoriche, i loro voti. E noi abbiamo creduto far cosa utile alla nostra Italia, esponendo una di queste arringhe, pronunciate colla coscienza, della verità, e colla fede dell'avvenire. Siamo a guerra dichiarata, e giova, che tutti gli uomini liberi simpatizzino gli uni cogli altri.

Sí: ogni qualvolta voi condannate un patriotto, il popolo v'annovera fra i complici dell'usurpazione di que' padroni che a principio chiamavansi nostri eguali, di quegl'ipocriti, i quali si vantavano repubblicani e democratici per giugnere piú agevolmente alla quasi legittimità, e piú tardi corruppero con mani impure la croce di Luglio ponendola sul petto a quattrocento indegni, l'uniforme della Guardia nazionale, assoldando fra le sue file colle croci d'onore, colle indennità, persin col salario quindici mila ligi per lo meno al potere. Infatti, osservate come dal Luglio 1830, appena una dell'arti loro è svelata essi ne sostituiscono un'altra. Se la Guardia nazionale rifiuta aderire ad alcune pretese, essi cercano corrompere, ed ubbriacare i soldati, perocché il francese nell'ebbrezza soltanto può rinnegare l'onore. Ed allora sotto gli occhi del vostro re, il sangue francese bagnò le lastre del Palazzo Reale. Io m'arresto a quell'unico fatto che Carlo IX solo potrebbe invidiare: quest'unico fatto può far tacere per un momento le rimembranze di Menotti, della Spagna, dell'Italia, e di Varsovia, di questa sorella della Francia, che la Francia, o per meglio dire, gl'ingrati che la governano, hanno tradita nelle mani dei carnefici stranieri; e il ferro dei carnefici stranieri ci minaccia tuttora da lungi ad onta di concessioni tanto crudeli. Eccovi, signori giurati, i fatti de' quali vi fate complici, allorquando voi condannate gli scrittori che li manifestano. Oggimai v'è di mestieri aprire gli occhi: il popolo vi accusa d'una colpevole solidarietà, — respingetela, separatevi da questi uomini che fanno traffico de' vostri giudizj, separatevi dai diplomatici speculatori frodolenti, i quali han posto il trono sopra una banca, la Francia nel fango... Via questi intrusi, e la loro infamia. — Cittadini francesi, cessate d'essere i loro complici. — Essi lo sanno che voi pure nel profondo dell'anima nodrite, siccome noi, un senso di dispregio, e d'ira contro di loro. — Il sangue, che vi corre nelle vene è sangue francese, e voi non potreste sentire diversamente. Ma i Borboni son razza astuta, e da quindici anni si giovano per ogni via della nostra credulità a soffocare le vostre simpatie. Per cenno loro s'urlava nelle strade quel grido: i patrioti vogliono reazioni: anelano alle vendette. I repubblicani cercan di rinnovare il 93! Tremate, tremate, se non giugnete a schiacciarli.

I repubblicani non anelano il sangue del 93, donde trarlo oggimai? Essi non richiedono che le sue istituzioni modificate secondo i bisogni dell'epoca attuale. Né io m'avvilirò ad accertarvi che i repubblicani abborrono la devastazione, ed il saccheggio. Qual banchiere, agente politico, o speculatore fraudolento oserebbe pronunziare siffatta bestemmia contro il popolo del 1830? Venga — io non risponderò che volgendo le loro borse lorde del soldo ch'essi rapiscono a milioni al povero popolo che poi opprimono di calunnie.

Vi hanno detto, che noi bramiamo la caduta dell'attuale governo, — v'hanno detto il vero. Noi bramiamo la caduta d'un governo dato alla nazione dai Dupin, dai Guizot, e da un centinajo di deputati egualmente venali: d'un governo, che finora non fu riconosciuto che dalle deputazioni d'impiegati o d'aspiranti a cariche, quando non si voglia interpretare a segni d'adesione le insurrezioni di San Germano d'Auxerre, ed altre, la vittoria dei Lionesi, e le mille sommosse, che scoppiano successivamente in tutte le parti della Francia. Noi bramiamo la rovina d'un governo di fatto che ha logorate in Francia tutto le molle di gloria, e di libertà, che curva a piedi delle nazioni la patria per ottenere una pace a prezzo d'infamia: che distrugge a proprio profitto l'industria, ed il commercio: che a comprimere il popolo richiama nelle file dell'esercito i regali già vinti dal popolo, ed appunta i cannoni di Montmartre contro Parigi, cosí ubbidiente finora alle sue inique pretese: infine un governo, che semina col tradimento tanta sciagura da ridurre quasi il popolo illuso a piangere quella dinastia, che mandataria dei re stranieri governò a loro nome per quindici anni la Francia, dopo aver combattuto vent'anni contr'essa nel campo dell'inimico.

Ma noi non cospiriamo: noi vogliamo illuminare le masse, sottoporre i nostri consigli al popolo sovrano, porci in somma alla testa dell'influenza per seguire il movimento. Non punite oggi un diritto riconosciuto da voi medesimi colla vostra adesione alla rivoluzione dal 1830.

Ho rispinta la calunnia, è tempo ch'io parli alcune verità; v'esposi ciò che non vogliamo, udite ora ciò che vogliamo. Se la vostra opinione sta contro alla nostra, confutatela, ma non ci condannate, però che a nessun uomo quaggiú fu dato il diritto di porre a tortura colle accuse, colle prigioni, colle ammende un uomo onesto per diversità d'opinioni.

La Società degli Amici del Popolo ebbe origine dalle barricate: tutti i suoi primi membri aveano combattuto, ed i più appartenevano all'estesa tela de' carbonari per ben quindici anni sostenitori della lotta contro la restaurazione a prezzo del loro riposo, delle loro sostanze. Autori immortali d'una incontaminata rivoluzione ne invocarono tutte le conseguenze, e stettero in armi, quando seppero, che pochi aggiratori usciti da un giorno da' nascondigli, ove la paura gli aveva cacciati, s'annodavano intorno a un uomo venuto fuori da' suoi tranquilli giardini a manomettere insieme la pubblica libertà, e profittare d'una rivoluzione fatta senza l'opera loro.

Ma il libero dire, ed il coraggio furono vinti dall'oro, e dalla corruttela: i nostri sforzi si rimasero sterili: una camera senza missione racconciò una costituzione, ed elesse all'improvviso un re. La trama poteva sciogliersi col sangue. La Società preferí l'armi dell'influenza, e della persuasione. Il potere, che in allora dava principio alla sua carriera di delusioni, fece nascere una sommossa di vili diretta da' suoi assoldati, e la Società, avendo in orrore la guerra cittadina, rinnegò per quel giorno la sua potenza, si raccolse in un asilo inaccessibile al pubblico, d'onde piú tardi ragionava col popolo per mezzo della stampa. Ora piú che mai, ve ne accerto, la Società anela a quanto voleva in allora.

O ricchi, porgete orecchio alla nostra dottrina: io la ridurrò a somme formole. Le leggi sinora furono coniate a vantaggio d'un potere usurpato: il popolo non v'ebbe parte che a guisa di pecora da tosare. Le meno inique tra quelle leggi trasudano ancora lo spirito aristocratico.

Le imposte accresciute ogni anno dalla monarchia pesano esclusivamente sull'infelice proletario che vende i suoi generi in proporzione degli oneri, che li gravano. Io non vedo il popolo, che lavora, rappresentato né alla camera, ne ai tribunali. L'oro, l'oro solo regola ovunque la capacità elettorale. L'ignoranza, patrimonio del povero dalla culla, l'accompagna al campo di battaglia, dove spende la vita per una classe meno prode, o per un uomo piú astuto. Povero popolo! tu dopo la vittoria, tutta tua veramente, contempli ancora con ebbrezza la tua libertà di cui altri fa traffico, e la tua gloria, di cui altri s'adorna.

Eppure il popolo nacque al ben essere materiale; eppure la natura beneficandoci della vita non dannava alcun uomo a perire nella miseria. Il suolo della Francia coltivato con cura può bastare ai bisogni, ed anco ai capricci di 60 milioni d'abitanti. In oggi tra noi non si contano che 32 milioni, e i due terzi muoion di fame: dunque si sprecano le risorse. Ecco il male: come rimediarvi? Questo è il problema: a noi fa d'uopo d'un sistema politico in forza del quale non esista in Francia, un solo «infelice che nol sia per colpa propria, o per vizio di conformazione originale». O ricchi, aiutateci a sciogliere questo problema: voi dovete avervi, credetelo, maggior interesse del povero, che in silenzio divora gl'insulti profusi dal vostro egoismo.

Gesú Cristo credeva trovarne la soluzione nell'ebbrezza delle illusioni della speranza; ma il nostro clima è meno poetico, e noi abbiamo carattere piú positivo, bisogno piú forte di reale. — Però la morale di Cristo produceva savî in Oriente, e fra noi ha generato quasi sempre ipocriti. La monarchia stancò per quindici secoli a sciogliere cotesto problema tutte le risorse della piú astuta diplomazia; — il suo sistema rovinò per sempre nell'89. La repubblica espose il proprio: lottò sei anni coll'Europa congiurata a suo danno pria di farne l'applicazione, dacché il Direttorio non ne diede che un breve saggio alla Francia. — Un Genio lo soffocò nel suo nascere, e compose un sistema misto d'eguaglianza repubblicana, e di fasto monarchico: magica, ma perfida fu la luce onde quel sistema fu splendido, e lo trascinò colla bella patria sua sotto il giogo di piombo dei re vinti un tempo da lui.

Allora risorse la monarchia pura col corteggio del diritto divino, de' titoli ereditari, della quasi feudalità, quasi a convincere vieppiú la Francia della sua impotenza a fronte dei bisogni d'un gran popolo. La Francia la struggeva col suo seguito: la Francia ha cancellato il vecchio sistema, ma la pagina è bianca, — la Francia ha da scrivervi ancora.

La questione s'agita tutta in oggi davanti all'Europa: da un lato, la monarchia cinta de' suoi vizi, e dei suoi seidi: — dall'altro sta il popolo con una disperazione che cova grandi disegni, guardando al selciato delle sue strade. O bella Francia! quanto dolore ingombra il tuo volto. Oh! i tuoi nemici gelosi stanno a' confini guardandoti con gioia segreta! Qual tempesta è quella che pende sul capo tuo? Ah! maladetto l'empio il quale a sbramare una sordida avarizia, e sostenere un perfido sistema invoca la procella. Muoia il traditore, sopratutto se porta nome di re. O popolo sovrano, affrettati, riprendi lo scettro ch'è tuo, e noi detteremo le leggi. Tu solo puoi bandirle giuste, e rette, perché tu solo puoi conoscere le tue risorse, e i tuoi bisogni.

E però noi teniamo l'intima convinzione, che il popolo quando il despotismo organizzato non comprimerà il suo entusiasmo, e non illuderà il suo patriottismo, stabilirà egli stesso i seguenti principj, e noi avremo il dí dopo la soluzione del problema.

«Ogni cittadino francese ha il diritto eterno, incontrastabile di concorrere alla elezione de' suoi magistrati, de' capi della guardia nazionale, e de' mandatari a' quali è commessa la rappresentanza del popolo nel Congresso, che redige le leggi, e vota le imposte.

«Ogni cittadino francese giunto all'età di venticinque anni è soldato, dove un forte motivo non coonesti la sua esecuzione, dove il voto de' suoi concittadini non lo chiami ad altri uffici. I pericoli dello Stato modificano i quadri dell'esercito: alla sorte, e all'elezione è riserbato il compirli.

«Tutti gli uffici civili, scientifici, e militari saranno affidati per concorso, o per elezione. Il giurí dei concorsi è nominato da un giurí primario, e questo è formato dai cittadini competenti. La lista dei giurati definitivi è determinata dalla sorte all'apertura della sessione. Da questo punto incomincia l'inamovibilità degli uffici; tuttavia un giudizio richiesto dalle parti interessate può romperla. L'eredità de' titoli è follia: quella degli uffici usurpazione. I soli rappresentanti del popolo hanno il diritto di nominare il potere esecutivo: la sua missione spira dopo alcuni anni. Il membro, se il potere esecutivo è in mano di molti, o il presidente se è in mano d'un solo, finita la loro missione, ritorna privato, né può essere rieletto che scorsi dieci anni.»

Non piú accumulamento di pensioni e di beneficii: le retribuzioni degli uffici hanno ad essere modiche.

Perché dovrebbesi seppellir vivo sotto le rovine delle Tuilleries, quel cittadino che richiedesse la povera Francia di 14 milioni per mantenere la vita.

Ogni affare contenzioso, civile, militare, politico e scientifico, verrà sottomesso ad un giurí competente, a una specie di giudizio d'arbitri, ed il magistrato, perduto per sempre ogni potere inerente alla sua dignità, non interviene che a dirigere la discussione, e provvedere l'esecuzione della sentenza.

Non piú i giudici in causa propria avranno l'imprudenza di vendicare le ingiurie personali.

La stampa è libera in tutta l'estensione della parola. La legge punisce le sole ingiurie alla morale pubblica, e all'onore de' cittadini innocenti.

La libertà individuale è inviolabile. Non v'è sentenza che possa rapirla, quand'essa non minacci di grave pericolo tutta la società.

La pena di morte, il marchio d'infamia, e la confisca sono abolite. La prigione debb'essere una scuola di buoni costumi e non una tortura: il prigioniero otterrà la remissione della pena col lavoro e la buona condotta. Insomma la giustizia non si vendica piú, né infama; protegge e migliora.

Non piú cariche venali nella magistratura. Camere di magistrati a spese dello Stato faranno le veci dei tabellioni, e procuratori pagati dalle parti; quindi il retaggio della vedova, e dell'orfanello non sarà piú divorato dall'ingordigia, dalle formule forensi, e da' riti di processura. Un giurí composto d'operai, e di capi-lavoro e presieduto dai magistrati stabilirà la tariffa de' prezzi al minimo dei lavori, onde l'opera dell'esecutore, e l'intelletto dell'inventore abbiano la dovuta parte nel guadagno che risulta dalle vendite.

Nessuno deve chiedere invano lavoro per guadagnarsi la vita: lo Stato provvede all'operaio senza lavoro, qualunque siasi il suo mestiere. Gravar d'imposte gli oggetti necessari è furto, gravare il superfluo è restituzione. Quindi l'abolizione delle imposte dirette, e personali, perché alla fin dei conti, esse pesano soltanto sul povero. Il sistema delle imposte progressive, stabilito bensí sovra basi tanto saggie, che l'applicazione non serbi alcun carattere di legge agraria. Ogni monopolio è vietato; all'agricoltura, all'industria e al commercio s'aspettano gl'incoraggiamenti speciali del Governo, e punizioni severe frenano i venditori di mala fede.

L'insegnamento è libero; lo Stato veglia attivamente alla moralità degli educatori. Ma un giurí composto di padri di famiglia ha solo il diritto di scegliere le persone destinate ad adempiere questo ufficio. Ogni dolo di speculazione concita la severità delle leggi. Amministrazioni dello Stato, polizia, finanze, aggiudicazioni, imprese, tutto si compie apertamente, senza mistero, e davanti agli occhi del popolo.

Queste sono le principali basi della dottrina, la cui applicazione ci sembra dover somministrare la soluzione del problema, concedendo alla Francia un governo a buon mercato senza corruttele, e senza seidi, un governo favorevole allo sviluppo delle facoltà morali, e fisiche dell'uomo.

Allora finirebbe ogni pericolo di rivoluzione, perché non vi sarebbero usurpazioni: ogni miseria, perché non vi sarebbero monopoli: ogni possibilità di lesioni perché non esisterebbero privilegi.

Certo: adottando cotesto sistema avreste Repubblica. Ah! direte, la Repubblica è impossibile in Francia! il primo saggio non riuscí felice. Che? non fu che un saggio, e retrocedete? Oh! noi siamo oggimai al settantesimo saggio della monarchia — e l'ultimo è il pessimo! Come non disperare? come non rovesciare un sistema contro al quale grida lo sdegno, la delusione di quindici secoli?

Noi abbiamo cercato propagare queste dottrine pubblicando gli scritti popolari, che in oggi sommettono alla vostra inquisizione. Noi abbiamo voluto parlare al popolo: hanno voluto impedire al popolo che ci ascoltasse. Hanno trattato noi, come seduttori, il popolo come un fanciullo: il popolo raccoglieva avidamente i nostri stampati: la polizia s'impadroniva de' poveri venditori, che traevano da quegli opuscoli la sussistenza delle loro famiglie; il dí dopo questa deforme polizia facea vendere essa pure, e impunemente nelle strade dei libelli sozzi di scurrili calunnie contro i patriotti pacifici, ch'essa tormentava. O pudore pubblico! la polizia s'arroga sola il diritto d'insegnare al popolo, d'educargli lo spirito, e il cuore!

La prova sta, dic'essa, nel diritto ch'io ho d'immergervi nelle carceri, — e l'ha fatto. Ma sei mesi di prigione non bastano alla sua collera: essa esige altri sei mesi dal vostro giudizio. La nostra pazienza stancherà questo potere di fatto; ma né le sue carceri, né le ammende stancheranno noi: noi sfideremo quest'armi come abbiamo sfidato i suoi assassini assoldati e i suoi libelli.

Abbiamo a compiere una grande missione: noi la compiremo, se è necessario, per altri quindici anni sul banco delle Corti di giustizia. La compiremo sull'orme di quelle giovani vittime della libertà, il sangue delle quali grida vendetta qua dentro. La compiremo sotto la scure della tirannide, perocché la nostra è piú che missione: è un culto sacro, è un fuoco che abbrucia, è l'amore dell'umanità. Ora il potere prosiegua: confuti le nostre teoriche colla prigione, colle catene, colle ammende, mentre sotto l'egida dell'impunità, il forense aumenta i suoi illeciti guadagni, il capo d'ufficio divide coll'impresario, il commissionario cogli uomini del potere, finalmente, il segretario di Stato dà marito alle sue Frini vendendo gl'impieghi. Un potere ladro, ed imbecille per un solo grido venuto dal fondo della coscienza riversi pure sul capo del giusto, che lo proferisce tutta la collera che dovrebbe rovesciarsi pure sul carlista che si cela ne' ranghi della guardia nazionale; e sul sergente di città, che col favor delle tenebre ha intinto il suo ferro nel sangue de' nostri concittadini. Prosiegua: il piú lieve pretesto basti a tenerci sei mesi sotto un'accusa, mentre una donna contro la quale stanno terribili probabilità, e gravi sospetti, gode di tutta la sua libertà, direi quasi, esulta del suo trionfo, pendente ancora il giudizio di sangue. I nostri fratelli siano lasciati al gemito della fame, e del freddo nelle carceri, mentre questa baronessa sfoggia la sua veste rossa nei balli della corte, che non serba neppur tanto pudore per rifiutare i frutti per lo meno equivoci d'un'adultera compiacenza. Tutto questo è naturale, perocché tutto questo è monarchico.

Ma noi che non assistiamo ai balli di corte, noi che non offriamo al guardo d'un re poc'anzi repubblicano i nostri abiti rozzi ma immacolati, noi che non curviamo il ginocchio davanti ai cosacchi, né abbiamo tradita la causa dei popoli, noi che abbiamo le mani pure d'ogni benché menoma frazione dei 25 milioni prodigati in quest'anno dai traditori ai venali: ah! noi siamo colpevoli. — Condannateci, condannateci se siete servili al potere. Condannateci, ma non isperate cangiarci. Bensí cercate un popolo diverso da quello del 1830, per chiedere la ricompensa dovuta a tali atti. Perocché il popolo, che punisce collo spregio, rimunera colla stima, — e non è alla pubblica estimazione che aspirano gli autori di siffatte condanne.

1831.

Crescit in adversis virtus.

Ed era pur l'anno che al suo cominciar prometteva la per secoli invocata rigenerazione de' popoli! Ed era pur l'anno in cui l'ora al dispotismo fatale dovea scoccare! Perché trascorse fecondo in avvenimenti, ma non rispose ai voti ardenti della razza umana? Come andò egli a confondersi nel prodigioso numero di quelli che l'uomo ci mostrano nell'obbrobriosa schiavitú ancora sepolto? Corse egli intero sottraendosi alla legge possente del progresso? Fu irreparabilmente esso perduto per la santa causa della Libertà?

Riposi qualche istante il desiderio inquieto di leggere nell'incerto avvenire e volgiamoci ad esaminare impassibili se il 1831 respinse o sospese il movimento progressivo politico, o se benché lentamente, lo secondava.

Riscossa la Francia dal sovrastante pericolo di perdere ogni sua libertà avea fin dalla metà del precedente anno con uno slancio inaspettato, e tutto nuovo acquistato il diritto di mettersi alla testa delle nazioni d'Europa mature all'emancipazione, e guidarle ad ottenerla: la subita ed inattesa rivoluzione avea atterriti i despoti che vili per costume nell'avversità riconobbero Filippo da pochi illusi, o deboli eletto a re dei Francesi, e si piegarono per sottrarsi alla rovina che li minacciava a sancirne il principio di non intervento proclamato a favorire gli sforzi delle nazioni, che sorgessero ad imitarli. La grande scossa era data, l'assolutismo vacillava, e sarebbe caduto se incauti i Liberali di Francia che avean fatta la rivoluzione non chiamavano al reggimento delle cose loro quegli uomini i quali non si erano a dir vero mostrati nel pericolo, ma che per le loro professioni di fede, e per l'opposizione costante nella quale si eran mantenuti col governo di Carlo X, la pubblica confidenza avean sopr'essi raccolta: la tradirono questi come tradiron la loro coscienza, come cogli interessi della loro patria gli interessi sagrificarono degli altri popoli, i quali non dissimulando la loro simpatia per la nazione che superiore all'altre in civilizzazione rinunziava generosa all'antico desiderio di dominazione, si mostravan disposti ad esserle compagni all'impresa magnanima di condurre a Libertà l'Europa intera. Primi infatti si mossero alcuni stati di Germania: chiedevano i Sassoni al loro re una costituzione piú larga; al loro duca la chiedevano i Brunsvikesi: oppresso dal dominio tirannico della casa d'Orange, e depauperato dall'Olanda insorgeva il Belgio a volere l'indipendenza ed un governo a sua voglia. Piú forte e piú decisa dichiarava la Polonia sfidando le barbare orde del nordico tiranno voler essere ormai terra libera o cambiarsi in vasto sepolcro. S'impegna quindi la lotta ineguale, ed infiammati di patrio amore, sostenuti dalla speranza di giugnere alfine la

Libertà e l'indipendenza bramata, oppongono i valorosi Polacchi non contando i nemici lunga e ostinata difesa. Sventurati! i prodigj di valore inauditi, i sagrifizj senza esempio a salvarli non valsero: furono rovesciati dal torrente de' Vandali ch'essi con una mano armata tentavan respingere mentre chiedevan coll'altra il promesso soccorso alla Francia, la quale, dimentica delle perdite e del sangue che all'antica alleata costava la sua fedeltà, di cantici e lodi sol la sovvenne.

Creduto opportuno l'istante si sollevò quindi una, parte d'Italia a procacciarsi Indipendenza e Libertà, tanto piú da lunghi anni desiderate quanto piú grave era il giogo sotto cui gemeva, quanto piú triste ne era la condizione. Modena diede prima l'esempio; era il colpo fallito per la vigilanza del sospettoso tiranno se Bologna commossa non ne secondava la rivoluzione facendo la propria: la Romagna e le Marche non indugiarono e si sottrassero al governo sacerdotale. I Parmigiani venian appresso e respingevan da loro una principessa che nulla avea di comune col grand'uomo cui era stata compagna se non un fasto che impoveriva i sudditi, che alla di lei condizione mal conveniva.

Vedevano intanto i Toscani con interesse procedere a quel modo le cose in Italia disposti a seguirne in appresso la sorte, ma non anco maturi alla grand'opra attendean circostanza opportuna a sollevarsi contro un governo che di liberale non avea che l'apparenze, che simulando tolleranza, era come gli altri della Penisola tutto arbitrario e dispotico.

Guardati da vigilanti e numerose truppe straniere Lombardi e Veneti si volgean con fiducia al Piemonte lusingati che spingerebbe le temute legioni a secondare gli sforzi d'Italia: ma i Piemontesi non ancora volean dichiararsi, fidando nel principe che tra non molto dovea succedere al re Carlo Felice, di cui la cagionevol salute, e l'avanzata età facean presagire prossima la fine. Ahi quanto male giudicavan l'inetto! Chi tradiva, una volta la santissima causa non poteva sentire né amore di libertà né ambizione, di aggiungere al suo nome quello di liberatore d'Italia: codardo nel cuore, e colla febbre di regnare si collegò coi nemici della sua patria, ma coi rimorsi nell'anima, ma col tormentoso presentimento che colla maledizione degli amici sagrificati un giorno da lui, la pena nol giunga che al traditore è dovuta. Titubando nell'incertezza aspettavan dal tempo consiglio i Napoletani preparati a far causa comune coi loro fratelli se ne venia loro il destro, e se propizie le circostanze si mostrassero; a decidersi prontamente li tratteneva però la speme riposta nel giovine re da poco tempo salito sul trono che l'avo e il padre spergiuri avean veduto vacillare, e che crollerà sotto lui, poiché la lezione non lo fece piú saggio.

Se con fermezza si mantenea la Francia nell'onorifico posto che avea scelto, il tempo felice era giunto, ed essa dettava la pagina piú bella nella sua Istoria: nol volle; rinegò o tradusse a suo modo gli emessi principj: quindi gli inciampi che il concepito movimento rallentarono: non s'arrestava però, e ne uscivano generali vantaggi. Strapparono ai loro principi concessioni non lievi alcuni stati germanici: se non ottenne la Belgica un governo repubblicano, o l'aggregazione alla Francia l'una dopo l'altro richiesti, fu dell'indipendenza assicurata. Fu la misera Polonia schiacciata, ma tutti i popoli d'Europa fecero eco al gemito che cacciava spirando; ma benché dall'Austria infida forzati a rimanere in uno stato di quasi barbarie mandavano gli Ungheri da ogni circolo, da ogni casolare indirizza a Vienna, perché fosse un termine alla strage pei Polacchi superstiti nei quali raddoppiava l'odio pei loro carnefici. Non ritrasse la Francia tutti i beneficj dalla sua rivoluzione, ma escludendo nei Pari l'eredità diede il colpo mortale all'aristocrazia del sangue. Ma stanca, nell'impero, di una gloria inutile al vincitore, al vinto molesta; tormentata nella ristorazione dal bisogno di togliersi all'abbiezione in cui l'avean precipitata i Borboni che a mantenersi in trono avean venduta la patria: disingannata degli uomini che abbastanza manifestarono che la loro missione era di parole soltanto: vergognosa di esser guidata dal timido coniglio non dal gallo generoso corre veloce a cercare la sola felicità de' popoli nelle istituzioni veramente libere, nella Eguaglianza repubblicana. La scintilla elettrica della libertà passa in ogni cuore, investe ogni classe: e qual potenza potrà frenarne gran tempo lo scoppio?

Sull'oligarchía avean vittoria i liberali inglesi colla proposta del Bill di riforma, la quale, benché non per anco ammessa dal Parlamento, è aspettata e quotidianamente dal popolo richiesta.

Se d'armi non forniti, se dalla brevità del tempo sorpresi fidando anch'essi nella Francia non opponean gl'Italiani al Tedesco che una debole resistenza, si conobbero, si inteser tra loro, si chiamaron finalmente fratelli: alla non ben apprezzata patria gli affezionò l'emigrazione dacché viddero quanto amaro sia il tozzo ch'altri con disprezzo ti getta nella terra che t'accoglie profugo. Eccitò in essi l'emulazione il pugno di bravi che racchiusi nella casa del Menotti infelice si votarono alla patria, e animosi sostennero il ripetuto assalto del moderno Ezzelino. Ma li persuase che per tutta l'Italia è un desiderio solo, un bisogno, anche la pietà delle venete madri che ai teneri figli mostrando come liberatori della patria que' prodi che l'Austria contro ogni diritto in un mare non suo avea predati, nei giovanili petti sensi italiani infondevano.

Amare perdite al certo furono ai liberali e l'italiano Menotti col compagno Borelli dal supplizio dell'assassino e del parricida rapiti per sentenza del mostro che avea piú volte promesso salvarli! e l'instancabil Torijos che dall'insidie dei satelliti del tiranno spagnuolo sul patrio suolo attirato soffriva cogli intrepidi suoi seguaci il martirio della libertà: e il siciliano de Marchi che fu cogli undici amici sagrificato perché tentò sottrarre la patria dall'abborrito servaggio. Ma ogni stilla del loro sangue innocente è seme d'infamia ai despoti e a note incancellabili ha scritto pei popoli — leggi e libertà. Per tutta Europa ora celato ora palese serpeggia l'incendio; se tenta il despotismo estinguerlo dove si mostra, piú grande si sprigiona e in altra parte si fa strada; una segreta forza, una specie di moral magnetismo i popoli attrae alla benefica libertà. La spinta è comunicata; non è a sperare riposo finché non sia ogni privilegio distrutto; tenti ostinato l'assolutismo a sua posta di arrestare il progresso, non farà che affrettarlo; vegga egli nelle ripetute sommosse di Parigi e delle provincie di Francia l'opera di bonapartisti, o de' settatori d'Enrico, o che piú gli giova: ma chi non prevenuto le osserva attentamente e le segue è a ragione convinto che son assalti vigorosi all'unica aristocrazia che ora in Francia rimanga; l'influenza delle ricchezze. Tutte sono proteste de' popoli contro la tirannide, tutte imperiose domande a riavere i loro diritti: condotti dalla luce che il secolo andato spandea, convinti che la forza per essi solo è costituita, procedono risoluti sul terreno che l'assolutismo cede ogni giorno.

Non è l'ora lontana in cui dopo essersi in altrettante nazioni libere divisa, sarà l'umana razza condotta dalla legge d'amore, ad unirsi in una sola famiglia. Abbiano intanto anch'essi una volta gl'Italiani una patria. Sia tutta unita l'Italia, e allo straniero non serva. Non dubbio, ma certo ma universale è già fatto quel voto: se uniti, siamo all'opra bastanti, non inutil ricordo ci lasciava il Menotti morendo, di non calcolare sugli ajuti stranieri, di non aver fede che in noi. Non piú indugi, non piú transazioni; dove voglia una rivoluzione aver base, là deve esser guerra e mortale. L'ultime prove ci hanno ammaestrati solennemente: badiamo a non confondere la moderazione coll'inerzia: il nemico è dovunque si nuoce alla patria, dovunque si tradisce il voto del secolo. Chi è reo d'infamia a di codardia abbia col nemico comunione di sorte: giaccia inonorato senz'onore di tomba: il sepolcro patrio sia per coloro che piansero sulla Italia, sorsero a darle vita e morirono. Racconti la pietra ai nepoti il premio che la tirannide concedeva a chi non respirava che nelle patrie virtú. La esperienza c'insegni, — che l'affetto di libertà non riesce a buon porto se non assume i caratteri di religione: c'insegni che dalle fondamenta alla cima tutto nuovo deve essere l'edifizio che innalzeremo: c'insegni a spegnere ogni spirito municipale, e che nella concordia sola è riposta la forza: nel fermo volere e nella fiducia del sacrificio il successo: nel salire all'altezza de' moderni principii il tipo italiano del secolo XIX. — Questo c'insegni l'anno trascorso; e chi potrà dirlo perduto?

Mon.

RIVOLUZIONE DI PARIGI

(LUGLIO 1830).

I Parigini, sempre inquieti pel sistema retrogrado che il re Carlo X voleva far prevalere in Francia, attendevano che una qualche favorevole circostanza presentasse loro il mezzo di smettere il giogo dal quale erano oppressi. Gli editti reali del 25 luglio infransero le barriere ed il fantasma del diritto divino fu dissipato dal coraggio del popolo di Parigi. La monarchia, imposta dal dispotismo d'un milione di baionette, fu rovesciata da 50,000 coraggiosi che seppero anteporre l'acquisto della libertà allo spargimento del loro sangue. Il popolo parigino, nelle tre memorabili giornate di luglio, vendicò i suoi diritti, maltrattati dalla forza, e dal dispotismo degli alleati. Questo popolo portò al supremo comando l'uomo puro, l'uomo integerrimo, l'uomo della libertà, Lafayette: il trionfo del popolo, la sera del 29 luglio sembrava assicurato.

Una frazione d'uomini, corrotti e perversa, immaginò d'impadronirsi di questa rivoluzione e di farla valere a suo profitto. D'una rivoluzione nazionale si fece una rivoluzione di palazzo. Con questa mira si allontanarono gli amici della causa popolare, e si avvicinarono al trono gl'intriganti e gli ambiziosi. Furono congedati Lafayette, Dupont de l'Eure, Odillon, Barrot, ecc., e conservati Talleyrand, Sebastiani, Perrier, Montalivet, ecc. La rivoluzione di palazzo fece aprire le trattative coi re dell'Europa, riconoscere gl'ignominosi trattati del 1814 e del 1815, ricusare le offerte dei Belgi, abbandonare, disperdere i patriotti di Spagna e dell'Italia, e commettere l'azione la piú impolitica e la piú infame, nel lasciar perire l'eroica Polonia. La rivoluzione di palazzo rimase tutta a profitto di quei vili che ambivano gli onori, gli impieghi, e le ricchezze. Costoro non si occuparono che di quello soltanto che poteva e doveva consolidare il loro ben essere particolare. Nel mentre che la corte, i ministri, e la Camera dei pari favorivano i propri interessi, la Camera dei deputati non intendeva il proprio dovere. Questa Camera avrebbe dovuto vigorosamente opporsi al sistema che voleva adottare il suo governo. Essa non poteva ignorare la pubblica opinione. La stampa periodica non ha mai taciuto; questa interprete del voto nazionale, a rischio de' suoi materiali interessi, e del suo ben essere, ha svelato i misteri, ed ha combattuto incessantemente i nemici del popolo. Anche i pochi buoni dell'opposizione hanno con coraggio sostenuto gl'interessi della causa popolare, hanno però dovuto essi pure soggiacere alla maggioranza. Gl'interessi della nazione furono sagrificati.

La libertà, per tutto circondata dal potente e baldanzoso dispotismo, come potrà trionfare? Ai Pirenei, alle Alpi, al Reno stanno in agguato i piú acerrimi nemici della Francia e della libertà. Come potrà prosperare l'industria francese, avendo gl'Inglesi alla direzione delle manifatture del Belgio? In caso di guerra, che disposizioni potrà dare un generale francese, avendo un re inglese ad Ostenda, a Mons, ed a Lussemburgo? Quando piú mai la Francia vedrà tre milioni di Polacchi, resi dal loro coraggio indipendenti, combattere in favore della stessa causa, e degl'interessi di lei!

La gioventú francese, colla coscienza del suo vero bene, voleva correre a Brusselles per aiutare quel popolo che spargeva il suo sangue, per unirsi alla Francia. L'eroica difesa dei Polacchi trovava simpatia ed ammirazione in ogni cuore. Allorché si è voluto rallegrare la guardia nazionale di Parigi, e distrarla dai sinistri riflessi che potevano esserle richiamati dall'anniversario delle tre giornate, si è immaginato di far spargere la notizia di una vittoria riportata dai Polacchi. Il machiavellismo del ministro francese credette utile di traviare il pensiero dei Parigini, facendo trovar loro sulla Vistola quella consolazione che non potevano avere sulla Senna.

Gloria eterna al coraggio ed all'intrepidezza del popolo di Parigi, ed esecrazione a coloro che fecero piegare il trionfo del popolo a vantaggio d'una rivoluzione di palazzo. Esecrazione a coloro che soffrono vilmente, che la causa della libertà perda il frutto di circostanze cotanto favorevoli.

Non tarderà no il giorno nel quale la Francia dovrà pentirsi di essere stata spettatrice indifferente del sacrifizio della sua libertà, e di avere lasciato nelle mani di pochi intriganti il destino della patria. Sí; la Francia si pentirà di aver permesso che l'egoismo del traffico e dell'ambizione abbiano prevalso al ben essere, alla gloria, ed all'onore dell'intera nazione.

Articolo comunicato.

AGLI ITALIANI.

Quando intraprendemmo di pubblicare una serie progressiva di scritti tendenti alla rigenerazione italiana, noi intraprendemmo, convien dirlo francamente, una cosa superiore alle nostre forze. Noi soli non possiamo vincere tutte le difficoltà che s'attraversano — non isvolgere convenevolmente, e in tutte le sue applicazioni letterarie, filosofiche, politiche il concetto vasto, e fecondo, che ci affatica la mente — ma noi fidammo nell'aiuto de' nostri fratelli italiani.

Noi calcolammo gli ostacoli, pesammo i doveri, intravedemmo i pericoli — tutto sfumò davanti all'utile dell'intrapresa. Oggimai, la stampa è l'arbitra delle nazioni. Le nazioni hanno sete di verità. L'Italia non ha una voce che si levi a bandirla; e chi mai può scrivere, o lagnarsi in una terra, dove fin la indipendenza letteraria procede esosa a' governi, dove il gemito è argomento di pena, e la ruga de' profondi pensieri stampata sulla fronte al giovane è spia di tendenze pericolose agli inquisitori politici? L'Italia non ha una voce, che si levi a snudarne le piaghe, a romperne il sonno, a predicare i rimedi. Ogni giorno segna una vittima della tirannide — e non v'è alcuno che ne raccolga l'ultima maledizione. Ogni giorno genera un voto, una idea di progresso nei giovani cuori — e non v'è alcuno, ch'esprima altamente i voti e le idee, che solcano l'anime, che balenano nelle menti, poi si perdono inavvertite, perché nessuna penna dà loro forma, e perpetuità. — E il furore delle poche anime generosamente feroci si consuma solitario nella disperazione, e i molti vivono d'una vita materiale, non s'attentando pure di rompere un silenzio, che si traduce poi lentamente in obblio.

Ma gli esempli di tutte le età, e di tutte le nazioni ci avvertono, che dove non si propaga colla stampa il lume de' principii alle moltitudini, dove non si trasfonde colla parola la fede, difficilmente si prorompe in un moto energico ed efficace. E le cure che i governi pongono a reprimere ogni libertà di scrittori, e le precauzioni minute usate contro la introduzione d'ogni libro che parli parole libere, c'insegnano quanto essi tremino dell'effetto di siffatte dottrine, perché l'inchiostro del savio vale quanto la spada del forte, e Maometto, che proferiva queste parole, s'inoltrava tra le genti colla spada in una mano, e il Corano nell'altra. — E noi potremmo citare le circolari date dal re Carlo Alberto a' doganieri del suo Stato, poi che il manifesto del nostro giornale ebbe veduta la luce, perché vegliassero a impedirne la introduzione e le inquisizioni praticate fin d'ora su' viaggiatori a vedere se mai ne fossero portatori.

Però, noi ci determinammo all'impresa.

Ma siffatte imprese non giungono all'intento, se non durano ostinate, e progressivamente migliori. La stampa non giova, se la diffusione non è vasta, continua, ed universale. — Di mille esemplari d'uno scritto, cinque cento vanno perduti per la vigilanza di chi sta contro, o per le paure degli uomini a' quali giungono. — Gli altri circolano generalmente tra chi ne ha meno bisogno, né trapassano, se non di rado alla gioventú, che le cure della esistenza allontanano dagli studi e dagli agi. — Poi, uno scritto che riescirà ottimo per una classe, è parola muta per l'altre, ineducate e senza esercizio di lettura. — E però noi abbiamo in animo, se avremo aiuti, di pubblicare unitamente a questo un giornale popolare, pianamente scritto, e pensato, destinato a' parrochi di contado, agli artieri, alle classi insomma operose. — Ma perché l'opera riesca, efficace, conviene estenderla quanto si può — è d'uopo, che il numero degli esemplari s'aumenti gradatamente — è d'uopo, che in ogni angolo de' loro stati, nelle officine, ne' teatri, nelle università, dappertutto la parola libera s'affacci agli oppressori, come il Mane, Thecel, Phare di Balthazar.

E perciò — noi ci rivolgiamo a' nostri fratelli d'esilio — a quanti giovani hanno sortita un'indole forte, e un ingegno svegliato dalla natura — a quanti son posti dalla fortuna in condizioni che concedono mezzi di soccorso pecuniario e morale all'impresa — Italiani, nostri concittadini! noi v'invochiamo tutti. Questo giornale non si sosterrà se non per voi. Se a voi sembra giovevole la diffusione de' buoni principii — se vi pare che noi non siamo indegni di assumerci questo ministero, sta in voi di promuoverlo. — Spiate la tirannide che v'opprime, ne' suoi minimi atti: raccogliete i documenti delle infinite ingiustizie, che passano inosservate: raccogliete il grido della miseria: notate le vessazioni, le venalità, le brighe, le persecuzioni: e fate che giungano fino a noi — additateci il linguaggio che trova la via dei cuori: rivelateci i pregiudizi, che meritano d'essere combattuti a preferenza, gli errori piú radicati, le riforme le piú urgenti, perché si prepari il terreno da noi. — Poi, soccorrete all'opera italiana coi mezzi necessari alla propagazione: versate l'obolo per la causa santa. — Abbiate fede in noi. — Noi la richiediamo, perché sappiamo di meritarla: perché possiamo levar la fronte a Dio, e agli uomini, e non arrossire: perché la mente può mancarci all'uopo, ma il core è puro, le intenzioni sante, e il proposito deliberato.

Ora noi abbiamo fatto il nostro dovere: del resto avvenga che può. Noi innalziamo una bandiera. Spettai a voi, o Italiani, circondarla d'affetti e di sacrifici: a voi reggerla sublime all'aure. — Noi la sosterremo questa bandiera, finché le braccia nostre varranno. Se avranno a ricadere stanche sul petto — ed altre braccia non sottentreranno alle nostre — noi ci racchiuderemo nel silenzio, aspettando l'ora, che deve chiamarci tutti alle vie dell'azione.

Mazzini